# SF 보다

Vol.1 얼음

초판 1쇄 발행   2023년 4월 26일

초판 2쇄 발행   2023년 7월 7일


지은이   곽재식 구병모 남유하 박문영 연여름 천선란

기획   문지혁 심완선

펴낸이   이광호

주간   이근혜

편집   유하은 김필균 이주이 허단 방원경 윤소진

마케팅   이가은 최지애 허황 남미리 맹정현

제작   강병석

펴낸곳   ㈜**문학과지성사**

   등록번호   제1993-000098호

   주소   04034 서울 마포구 잔다리로7길 18

   전화   02-338-7224

   팩스   02-323-4180(편집) / 02-338-7221(영업)

   대표메일   moonji@moonji.com

   저작권 문의   copyright@moonji.com

   홈페이지   www.moonji.com


ISBN 978-89-320-4151-3 03810

SF 보다

Vol. 1 얼음

# 차례

하이퍼-링크hyper-link

문지혁(소설가)

**intro**

얼음을 생각한다.

얼음을 생각하는 것이 가능할까? 그렇다. 나는 얼음을 만지고 손가락으로 집어 입에 넣은 다음 혀를 굴려 녹이는 부류의 사람, 다시 말해 감각으로 세계를 파악하는 사람이 아니므로 오직 생각한다. 눈앞의 얼음을, 혹은 눈앞에 없는 얼음을, 골똘히 바라보고, 관찰하고, 상상한다. 오늘 오후에 마신 차가운 아메리카노에 들어 있던 큐브 모양의 얼음에서부터 기후 위기와 기상이변을 불러오는 비정형의 빙하에 이르기까지. 얼음이 가득한 곳, 이를테면 카페 제빙기부터 교외의 설산, 시베리아와 홋카이도, 북극과 남극, '아이스'라 불리는 마약에 이르기까지. 우리는 얼마나 많은 얼음에 둘러싸여 있는 것일까. 얼음 같은 이야기. 얼음 속에 갇힌 이야기. 얼음이 녹아버려 생긴 이야기.

**link #01**

첫번째 클릭이 데려다 놓는 곳은 얼음이 사라져버린 세계다. 지금 우리가 향하고 있는, 아니 돌진하고 있는 곳. 일찍이 케빈 코스트너 주연의 영화 「워터월드」는 바로 그 세계를 우리에게 보여준 바 있다. 서기 2500년, 기후변화로 7,600미터 이상 상승한 해수면은 전 세계를 물로 덮어버린다. 살아남은 인류는 육지를 떠나 바다에서 생활한 지 오래고, 발을 딛고 설 수 있는 '드라이 랜드'의 존재는 오직 신화로만 전해진다. 지금 기준으로는 '물 위의 매드 맥스'라고 단순하게 호명할 수 있는 이 포스트아포칼립스 영화는 2억 달러에 가까운 막대한 제작비를 들였으나 흥행에서 큰 성공을 거두지 못했다. 대신 이 영화의 설정으로 만든 공연이 전 세계 유니버설 스튜디오에서 인기 어트랙션으로 살아남아 기후 위기 시대를 함께 통과하고 있다.

뉴스에서 지루할 정도로 반복 보도되는 '얼음의 실종'이 피부로 잘 느껴지지 않는다면, 아이슬란드에서 온 안드리 스나이어 마그나손의 논픽션 『시간과 물에 대하여』를 읽어보는 것이 좋겠다. 작가는 우리에게 좀처럼 와닿지 않는 숫자와 그래프를 문학의 언어와 방식으로 바꾸어 시간과 물, 그리고 결국에는 인간과 지구 자체에 관한 생각을 다시 하게 만든다. 7백 년을 살고 사망한 빙하의 장례식에서 우리는 어떤 대화를 나눌 수 있을까? 앞으로의 인류는 어떤 자연환경 속에서 살아가게 될 것인가? 각 세대가 경험하는 '지구'란 얼마나 같고 또 다른가? 작가는 책 맨 앞에 이렇게 썼고, 이 헌사는 그 어떤 경고보다도 간절해 보인다. "이 책을 우리 아이들과, 아이들의 아이들과, 아이들의 아이들의 아이들에게 바

친다."(노승영 옮김, 북하우스, 2020)


**link #02**


두번째 클릭이 향하는 곳은 반대의 세계, 그러니까 모든 것이 얼음이 되어버린 세계다. 말하자면 영화 「투모로우」와 「설국열차」가 보여주는 디스토피아. 전자는 아포칼립스, 후자는 포스트아포칼립스로 분류할 수 있겠지만 망하고 있거나 이미 망했거나 우리가 도착한 디스토피아가 눈-얼음-빙하기의 시대라는 점은 동일하다. 그 리스트에 하나를 더해보는 건 어떨까?


최근 국내에 번역 소개된 애나 캐번의 『아이스』는 1967년에 출간된 작가의 마지막 소설이다. 모호하고 혼란스러우며 개연성이나 선명한 서사를 찾아보기 어렵다는 점에서 여러모로 카프카를 연상시키는 이 디스토피아소설은, 얼음이 모든 것을 덮어가는 어느 세계를 그린다. 소설이 씌어진 1960년대는 지금처럼 전 세계적인 기후 위기 문제가 심각하게 대두되지 않았던 때이므로, 이 이야기에는 얼마간 예언적인 측면이 있다. 혹은 헤로인중독을 겪었던 작가의 개인사를 투영해 이 혼란스러운 세계가 사실은 작가의 내면이라고 읽을 수도 있겠다. 줄거리를 요약할 수 없는 이 소설의 가장 큰 매력은 우리에게 얼음 그 자체를 경험시켜준다는 점이다. 얼음 속에 갇힌 것들은 모두 뿌옇게 보이는 법이니까. 그리고 반세기가 지난 오늘날의 독자들은 이 소설의 도입부["나는 길을 잃었다. 이미 황혼이었다."(박소현 옮김, 민음사, 2023)]를 읽으며 깨달을 수밖에 없다. 이제는 이 첫 문장의 주어를 '우리'로 바꾸어도 아무 문제가 없다는, 아니 실은 도무지 '우리'로 바꾸지 않을 도리가 없다는 사실을.

## link #03

세번째 클릭은 우리를 엉뚱한 곳으로 이끈다. 이야기의 세계에서 눈과 얼음은 낭만과 추억을 상징하기도 하지만, 동시에 낯섦과 공포, 미스터리와 언캐니를 의미하기도 한다. 그렇다면 얼음이 전혀 다른 의미로 통용되는 세계라면 어떨까?

컴퓨터가 먹통이 되는 현상을 우리는 '프리징freezing'이라고 부른다. 당연히 기계나 프로그램이 실제로 얼어붙은 것은 아니지만 이 표현은 직관적으로 이해 가능하다. 현실 세계의 현상(얼어붙어 움직이지 않음)을 가상 세계의 현상(동작 멈춤)에 적용한 것이기 때문이다. 하지만 반대가 된다면 어떨까? 윌리엄 깁슨의 대표작『뉴로맨서』의 첫 문장을 보자. "항구의 하늘 색은 방송 끝난 텔레비전 화면 색이었다."(김창규 옮김, 황금가지, 2005) 텔레비전의 얼어붙은 화면 색깔은 거꾸로 현실 세계에서 자신의 자리를 찾아낸다. 이것은 사이버 스페이스와 아우터 스페이스 사이에서 세계의 위계가 뒤바뀌는 순간이자, 다른 차원의 가능성이 열리는 지점이다.

'아바타'나 '세컨드 라이프' 같은 매력적인 개념들을 태동시킨 닐 스티븐슨의 『스노 크래시』는 '메타버스'라는 용어와 개념을 처음 사용한 것으로 유명하다. 페이스북이 메타로 이름을 바꾸고, 메타버스야말로 인터넷의 다음 버전이라는 말이 공공연하게 들려오는 지금, 30년 전에 쓰인 이 사이버펑크소설의 예측은 현실과 흥미롭게 맞아떨어지는 것처럼 보인다. 흑인 미국인 아버지와 한국인 어머니 사이에서 태어난 주인공 '히로 프로타고니스트Hiro Protagonist'는 현실에서는 피자 배달부지만 메타버스에서는 영웅hero이다. 그는 신종 마약으로 알려진 '스노 크래시'의 정체를 찾아 헤매는데, 결국 그가 발견한 스노 크래시의 정체는 디지털로 암호화된 바이러스였다. 바이러스와 마약. 휘황찬란한 메타버스 안팎의 디스토피아에는 그 두 가지가 있다. 우연일까? 마침 우리가 사는 지금-여기의 사정도 이와 다르지 않다.

**outro**

이 글을 쓰는 와중에, 요즘 뜨거운 관심을 받고 있는 인공지능 ChatGPT에게 물었다. 앞으로 '얼음'과 관련된 이야기가 더 많아질 거라고 생각해? 그렇다면 그 이유는 뭘까? ChatGPT는 주저하지 않고 '그렇다'고 하면서, 정갈하게 정리된 세 가지 이유를 제시했다.

1. 기후변화: 전 세계가 기온 상승과 해빙 등 기후변화의 영향을 경험하면서 얼음과 그 중요성이 대중의 의식에 더욱 두드러지고 있습니다.

2. 생존과 모험의 테마: 얼음은 종종 혹독하고 무자비한 환경으로 묘사되어 생존과 모험 이야기의 배경이 됩니다. 이는 인내와 용기에 관한 이야기에 끌리는 독자나 관객에게 특히 매력적으로 다가갈 수 있습니다.

3. 신비롭고 기괴한 느낌: 얼음과 눈은 신비롭고 기괴한 느낌을 불러일으켜 흥미진진하고 긴장감 넘치는 이야기의 바탕이 될 수 있습니다.

그리고 마지막으로 한마디 덧붙였다. "물론 미래를 예측하는 것은 쉽지 않은 일입니다."

앞으로 우리에겐 어떤 미래, 혹은 어떤 얼음 이야기가 펼쳐질까? ChatGPT의 말대로 미래를 예측하는 것은 어렵고 무모한 일이다. 그러나 겨울이 가고 봄이 온 것처럼, 나는 분명히 알고 있다. 이제 우리에겐 여름과 얼음과 종말이 다가오고 있다는 것을.

# 얼어붙은 이야기

곽재식

나는 내가 누구인지 알고, 이게 다 무슨 짓인지도 정확히 안다. 나는 소설의 등장인물이다. 어떤 소설의 등장인물인지도 잘 안다. 나는 '얼어붙은 이야기'라는 제목을 달고 있는 단편소설의 등장인물이다. 이 소설은 한국어로 되어 있고, 얼음과 연관이 있는 다른 소설들과 함께 책으로 묶여 나왔다.

혹시 못 믿겠다면 좀더 구체적인 정황을 이야기해줄 수 있다. 이 책은 문지혁 작가와 심완선 평론가가 기획위원으로 참여하여 탄생했다. 그리고 이 소설은 문학과지성사라는 출판사의 김필균 편집자가 연락해서 관련 계약이 이루어졌다. 확인해보면 알 것이다. 정확하지 않은가? 내가 지금 말하고 있는 이 부분은 한국의 서울, 여의도에서 2022년 12월 28일에 씌어지고 있는 중이다. 소설을 쓰는 일은 잠시 멈추어졌다가 서울 목동에서 완료될 것이다. 나는 심지어 도저히 드러나지 않을 만한 내용까지도 알고 있다. 예를 들어서, 방금 말한 "도저히 드러나지 않을 만한"이라는 말은 원래 "잘 드러나지 않을 만한"이었는데 작가가 다 쓰고 수정해서 말이 바뀐 것이다.

대단하지 않은가? 아마 여러분은 이런 경지에 도달하지 못했을 것이다. 보통 사람은 태어나서 인생을 살고 떠나는 일의 정확한 의미를 만족스러울 만큼 깨닫지 못한다. 그냥 먹고살기 위해 급한 일을 하면서 허덕대며 하루하루를 보내다가 삶을 끝내거나, 그게 아니면 원래 인생의 의미 같은 것은 답이 없는 질문이니 너무 깊게 고민하지 말자는 정도로

타협할 것이다.

　나름대로 인생의 의미 비슷한 것을 알게 되었다고 만족하는 사람은 있을지도 모르겠지만, 정말 속속들이 비밀 없이 모든 것을 다 안다고 여기는 사람은 거의 없을 것이다. '이정도면 그래도 내가 살아가는 의미는 되겠지' 정도로 어느 선에서 포기했을 거라고 본다. 나처럼, 내가 어떤 소설 속에서 무슨 역할로 등장한 인물이며 어떻게 활동하고 있는지까지 정확하게 아는 사람은 없을 것이다.

　이제 여러분은 내가 도대체 어떻게 이런 경지에 도달했는지 궁금할 것이다. 그리고 이런 식으로 이게 다 소설이라고 다짜고짜 밝히면서 시작한 이야기가 대체 어떻게 끝이 날지도 궁금할 것이다. 사실 나는 미래에 어떤 일이 펼쳐질지 결말까지도 알고 있다. 지금 여기서 몇 페이지만 넘기면 당장 결말이 보이지 않는가? 이 모든 것은 이미 만들어져 있고 나는 미리 그것을 파악하고 있다. 나는 행복하게 오래오래 잘 살았다. 그게 결말이다.

　시간과 공간 전체는 이미 다 꽁꽁 얼어붙어 움직이지 못하는 명태나 오징어처럼 고정되어 있다. 결말이 궁금하다면 지금 당장 말해줄 수도 있다. 내가 할 일은 거기에 맞춰 따라가면서 그대로 그 모든 사연을 밝히는 것이다.

　본론부터 바로 들어가보면 이렇다. 나는 그날 오후, 허겁지겁 자동차를 운전해서 길 위로 달려 나갔다. 그런데 갑자기 커다란 트럭이 나를 덮쳤다. 나는 크게 놀랐다. 짧은 시간이지만 내가 너무 서둘렀기 때문인 것 같다는 생각이 들었다. 그렇지만 차근차근 따져 보면 내가 특별히 운전을 잘못하지는 않았다. 왜 저 트럭이 나를 덮친 거지? 이제 나는 어떻게 되는 걸까? 의식을 잃게 될까? 의식을 잃기 전까지는 부상의 고통 때문에 상당히 괴롭겠지만, 의식을 잃고 난 후에는 기억이 사라지기 마련이니 아무것도 생각나지 않는 상태로 병원에서 깨어나는 것으로 이야기가 이어질까? 그러나 그렇지 않았다.

모든 것이 정지 화면처럼 멈춰 있었고, 트럭이 자동차 위를 뭉개고 달리기 직전으로 얼어붙어 있었다. 그리고 창문 두드리는 소리가 들렸다. 돌아보니 머리에 뿔 다섯 개가 달린 검은 그림자가 보였다.

나는 놀랐다. 그 형체는 얼굴을 가까이 디밀었다. 그러자 그 얼굴이 자세히 보였다. 뿔이라고 생각한 것은 헬멧에 달린 여러 개의 안테나 같은 모습이었다. 처음 그림자로 보았을 때 무슨 귀신이나 괴물처럼 흉측하리라고 생각했던 것에 비하면 상당히 친근해 보이는 얼굴은 아름답다고 말할 수도 있을 만해 보였다. 자동차 창문을 내렸다.

그 괴물 같지만 아름답다고도 말할 수도 있을 만한 형체가 먼저 나에게 말을 걸었다.

"저는 생사귀라고 하는데요. 지금 선생님 상황에서 중요하게 고려해볼 만한 제안을 드리려고 합니다."

"생사귀요? 무슨 이름이 그래요?"

"적당히 번역해서 만든 거니까 이름이 그렇게 중요하지는 않고요. 제가 선생님께 갑자기 말씀을 드리는 것은 이대로면 선생님이 곧 속절없이 사망하면서 인생이 바로 끝나게 될 거기 때문에 그렇거든요."

"제가 죽어요?"

"교통사고가 크게 일어날 거니까요."

그럴 줄은 알고 있었다. 그렇지만 막상 그 말을 대놓고 들으니 역시 기분이 한결 더 나빠졌다.

"그럼 이건 다 뭔데요?"

"마지막으로 하나 여쭤보고 싶은 게 있고, 들어보고 싶은 것도 있어서요."

"잠깐만요. 무슨 죽기 전에 마지막 소원을 묻고 그런 건가요? 저를 저승에 데려가나요?"

"그런 건 아니고요."

"그럼 뭘 물어본다는 건데요?"

"죽지 않고 계속 살고 싶은 생각이 있으신지요."

나는 바로 대답했다.

"물론이죠. 살고 싶어요. 예."

"너무 빨리 대답하지 마시고. 그러기 위해서는 따져야 될 게 있어요."

"뭘 따져봐야 하는데요?"

아니, 목숨을 구할 수 있다는데 뭘 더 따진다는 거지? 생사귀가 내 물음에 답했다.

"선생님을 살리는 데는 상당히 많은 자원이 필요해요. 그래서 많은 별과 블랙홀 들을 소모해서 없애야 합니다. 지구가 돌고 있는 태양 같은 별이 천억 개 정도 모여 있는 게 은하계거든요. 은하계 열 개 정도를 없애야 해요. 그러니까 몇조 개 정도 되는 별들을 다 없애야 선생님 목숨 하나를 살릴수 있어요. 그나마 그에 딸린 행성들에 크고 똑똑한 생명체가 없는 곳으로 골라냈습니다."

"제 목숨 하나 살리는 데 별 몇조 개를 없애야 한다고요?"

"그렇죠."

"어마어마하네요."

"아무래도 시간과 공간을 거슬러 선생님이 경험하는 현실을 바꾸는 작업이다 보니, 선생님을 이루고 있는 모든 원자에 대해서 수행되어야죠."

"무슨 말인지 정확하게는 잘 모르겠네요. 혹시 그 과정에서 다른 사람에게 피해가 가나요?"

"직접적인 피해는 없어요. 선생님을 살리기 위해 없애야할 몇조 개나 되는 별 중에 사람이 사는 곳은 없으니까. 사람뿐만 아니라 어지간한 들짐승이나 산짐승 같은 생물이 사는곳도 한 군데도 없긴 해요. 그러니까 선생님을 살린다고 해서 외계 행성의 짐승이나 새들이 고통받는 일은 없어요."

"그러면 생명체가 없는 은하계만 골라서 없애고 그걸로 저

19

를 살려준다는 거예요?"

"생명체가 아주 없는 건 아니고요. 세균이나 고균 같은 미생물이 사는 곳들은 많이 파괴되긴 할 거예요. 그것들이 나중에 진화해서 풍요로운 생물로 발전할 수도 있기야 하겠죠."

"뭐가 걱정이에요? 그렇게 해주세요. 그렇게 해서 사람 목숨 하나를 구할 수 있다면요."

"그런데, 정말로 그렇게 사람 목숨이 중요한가요? 그 많은 별과 은하계가 생기는 데도 몇십억 년의 세월이 필요한데요. 그것들을 모조리 다 없애도 기분이 언짢지 않으세요?"

"그렇게 말씀하시니 좀더 생각해보게 되네요."

나는 잠깐 고민해보다가 생각이 너무 깊어지는 것 같아 멈추고 생사귀에게 따졌다.

"그런데 잠깐만요. 도대체 생사귀가 뭐길래 저를 죽이느니 마니 하는 겁니까? 어떻게 이런 일이 벌어질 수가 있는 거죠?"

생사귀는 귀찮다는 표정을 짓더니 한숨을 푹 쉬었다. 그리고 이렇게 답해주었다.

"간단하게 설명해줄게요. 우주에는 별이 엄청나게 많아요. 그리고 별 중에는 행성 딸린 별도 엄청나게 많아요. 아까 은하계 하나에 별이 천억 개 딸려 있다고 했잖아요? 그런데 우주에는 그런 은하계가 몇백조 개쯤은 있다고요."

"그런데요?"

"그러니까 확률상 지구 같은 행성도 엄청나게 많을 수밖에 없다는 거죠. 사람처럼 지능과 기술이 뛰어난 생물이 사는 지구 같은 행성이 우주 저편 아주아주 먼 다른 은하계에 있을 확률은 충분히 높다는 거예요."

"SF소설에 그런 게 많이 나온다는 건 알아요."

"게다가 우주는 엄청나게 넓잖아요. 그러니까 사람보다 뛰어난 힘을 가진 종족도 우주 전체로 보면 널렸어요."

"그렇다고 치고요."

"그래서 그 많고 많은 종족 중에 일부는 시공간을 초월해서 원하는 것을 얼마든지 가질 수도 있어요. 물론 그런 종족이 있을 확률은 아주 극소수이기는 하죠. 그런데 아시죠? 우주가 어마어마하게 넓다는 것. 극소수라도 결국 우주 전체로 보면 시공간을 초월하는 종족이 적지 않다고요. 그런데 우주가 워낙에 어마어마하게 크고 엄청나게 거대하다 보니까 그렇게 시공간을 초월해서 원하는 것을 무엇이든 할 수 있는 종족 중에 또 일부는 지구에 사는 사람이라는 종족에 특별히 관심을 가진 종족도 있는 거예요. 아시겠어요? 원숭이들을 데려다 놓고 타자를 치게 해도 그 수가 아주 많고 기간이 아주 길면 그 중에 하나 정도는 우연히 '얼어붙은 이야기'라고 타자 치는 것도 나오겠죠? 그런 거예요."

"그⋯⋯것도 그렇다고 치고요."

"그리고 그런 종족 중 한 사람은 바로 선생님이 죽고 사는 문제에도 관심이 있는 거죠. 그래서 선생님의 인생이 끝나려고 할 때, 이때 등장해서 선생님의 삶과 죽음에 대해 이것저것 좀 도와드리고, 간만에 얼굴도 좀 보고, 그러려는 거예요."

"그게 말이 되나요?"

"가끔 왜, 그런 거 들어보셨죠? 햄버거 가게에서 파는 닭고기튀김 중에 꼭 용처럼 생긴 게 발견되었다. 희귀하네. 비싸게 팔자. 뭐, 그런 거."

"네."

"그 비슷한 거예요. 우주가 어마어마하게 넓고 별의별 것이 다 사는, 아주아주 심하게 많은 게 있는 곳이라, 시공간을 초월하는 종족만 해도 아주 많아서 그중 하나는 선생님의 운명을 관장하는 것도 있다는 거죠."

"그러니까, 제가 닭고기튀김 신세라는 건가요?"

"아니요. 답답하시네. 선생님이 아니라 제가 용 모양 닭고기튀김이라니까요."

나는 잘 이해할 수 없었다.

"잘 이해가 안 되는데요."

"좋아요. 그러면 입장을 바꿔서 한번 생각해보죠. 선생님은 방금 허접지겁 집을 나서고 있었어요. 그리고 솔직히 말하면 이런 괴상한 일이 일어날지도 모른다고 직감하셨고요. 그렇죠?"

"그걸 어떻게 아시죠?"

"말했잖아요. 시공간을 초월해서 원하는 것은 얼마든지 할 수 있다니까요. 왜 그렇게 느꼈는지 말해보세요. 그걸 제가 들어보면 서로 간에 모든 게 분명해지겠네요."

"다 알고 계신 것 같은데 뭘 제 입으로 말해보라는 거죠?"

"그래야 할 이유가 있어요. 하여튼 해보세요."

이제야 깨달았지만 그 이유라는 것은 이 글을 읽고 있는 독자들에게 이전 상황을 알려주기 위해서였다. 나는 생사귀의 재촉에 답했다.

"왜냐하면 저는 제6조사실 직원으로 지내다가 일이 꼬였다는 생각에 겁을 먹은 상태였거든요."

"왜 일이 꼬이게 되었죠?"

"따지고 보면 아이스크림 회사 일. 그것 때문이죠."

생사귀는 내 곁에 앉았다. 좀 과도하게 친근한 몸짓이 아닌가 싶었다. 생사귀가 나에게 말했다.

"아이스크림 회사 일이라는 게 뭔데요? 처음부터 차근차근 말해주세요."

"어떻게 시작된 일인지는 저도 잘 몰라요. 세상 그 누구도 모르겠죠."

"그래도 아시는 대로 말씀해보세요."

"한 5년 전 일입니다."


나는 어디서부터 이야기해야 좋을지 몇 초 동안 고민했다. 그래도 시간 순으로 이야기해야 최대한 덜 헷갈릴 것 같아서 나는 맨 처음 있었던 일부터 이야기하기로 했다.

"정부 부서 소속인 소비자제품과 과장이 한 아이스크림 회사 대표에게 전화를 걸었어요. 그 대표는 기술 개발 담당 임원이었는데 회사 사정이 어려워져서 사장이랑 부사장이 다

책임지고 그만두는 바람에 갑자기 대표가 된 사람이었거든요. 회사 안 망하게 막으러 돌아다닌다고 일이 엄청 바빴다고 해요."

"소비자제품과에서는 대표에게 왜 전화를 걸었죠?"

"내일 좀 들어오라고요. 소비자제품과에서 그쪽 업계 사람들 모아놓고 이야기할 게 있으니까 그 아이스크림 회사 대표도 정부 소비자제품과로 와서 이야기를 듣고 회의도 하고 하자고 전화를 한 거예요."

"무슨 이야기를 하려고 한 거죠?"

"소비자제품과의 그해 업무와 관련이 있는 일이었겠죠. 그 과장이 하려고 했던 일."

"소비자제품과가 하는 일은 뭐였는데요?"

"정부가 하는 일 아니었겠어요. 그게 애초에 뭐였는지는 몰라요."

"그래도 그걸 다 잊은 걸 보면 그렇게까지 큰일은 아니었나 봐요?"

"모르죠. 그런데 그때 대표는 회사가 까딱하면 넘어간다고 하니 여기저기서 돈 빌린다고 정신없었거든요. 그래서 갑자기 내일 당장은 갈 수 없다고 말하려고 했어요. 그런데 말하다 보니까 눈치가 이상한 거예요. 그렇게 말하면 소비자제품과 과장이 엄청 짜증 낼 것 같은 분위기였던 거죠."

"그래서요?"

"그래서, 일단 '네, 네. 알겠습니다. 내일 시간 맞춰 들어가

겠습니다'라고 말하면서 분위기 안 해치게 잘 맞춰주고 전화
는 끊었어요. 그리고 다음 날 자기는 회사 급한 돈 막는 일에
가고, 소비자제품과에는 부사장을 대신 보낸 거예요."

"저런."

시간과 공간을 초월해 알 수 없는 외계 행성에서 왔다고
하는 외계 종족의 생사귀도 그 상황의 문제는 바로 알아채는
것 같았다.


"막상 다음 날 소비자제품과 과장이 보니까 대표가 아니라
부사장이 찾아왔잖아요. 그래서 과장은 아이스크림 회사 대
표가 아주 격에 안 맞는 짓을 저질렀고, 자기를 멸시했고, 정
부 정책에 대한 반감을 노골적으로 드러냈다고 생각했어요.
그러니까 대표가 자기를 같잖게 생각하며 비웃는다고 여긴
거예요. 그 아이스크림 회사는 딱 찍힌 거죠."

"그래서 소비자제품과가 아이스크림 회사를 공격했다?"

"그런 건 아니죠. 그래도 민주국가의 정부에서 그냥 기분
나쁘다고 회사 하나를 망하게 할 수야 있습니까?"

"그러면요?"

"대신 그동안 미루고 있던 아이스크림 업계 일제 점검을
시작했는데, 점검 우선순위를 정할 때 그 아이스크림 회사가
첫번째 대상이 되는 기준을 제안했대요."

"그게 선생님이 일하시는 제6조사실하고는 어떻게 이어지
죠? 제6조사실이 소비자제품과 소속인가요?"

생사귀의 그 질문은 웃기려고 한 것 같았다. 나는 그래서 일단 한번 웃어주었다. 그리고 대답했다.

"제6조사실은 소비자제품과하고 아무 상관이 없어요. 소비자제품과는 별 힘이 없는 부서잖아요. 정부 전체에서 보면 별 대단한 부서가 아니라고요. 그렇지만 저희 제6조사실은 달라요. 여기는 확실히 조직과 예산을 갖추고 있는 부서예요. 그러면서도 눈에 띄는 일을 많이 벌이는 부서는 아니고요. 이런 데가 사실 꿀부서인 거 아시죠? 드러나는 일은 국정원이나 정보실이나 특수대응실에서 해요. 겉으로 보기에는 그런 부서에서 엄청난 일을 하는 것 같잖아요? 그렇지만 사실 정말로 짭짤한 일은 제6조사실처럼 눈에 잘 띄지도 않고 뭐 하는지도 잘 알 수 없는 부서에서 하는 거예요. 외부 활동을 할 때에는 제6조사실이라는 이름을 걸지도 않아요. 고위층이라고 해도 대부분 제6조사실이라는 부서가 있는지, 뭘 하는지 잘 모르죠."

"그래서 제6조사실에서는 뭘 하는데요?"

"조사를 하죠."

"어디를 조사하죠?"

"우리가 조사를 해야 한다고 생각하는 곳을요."

"그게 그 아이스크림 회사였다?"

나는 고개를 끄덕거렸다.

"맞아요. 그때 기준에 따르면 소비자제품과에서 점검해야 하는 1순위 대상을 조사하기로 되어 있었어요."

"소비자제품과에서 직접 하는 게 아니고요?"

"간단한 일제 점검은 소비자제품과가 주도권을 잡았죠. 그런데 저희가 하는 건 훨씬 깊은 조사예요. 문제가 있을 법한 데를 훨씬 깊이 파고들어서 전문적으로 조사하는 거죠. 그런 건 쉽게 할 수 있는 일이 아니에요. 소비자제품과에는 인력과 예산이 없잖아요. 모든 정부 부서가 다 그렇지만요."

"그렇다고 아무런 상관없는 조직이 갑자기 아이스크림 회사를 조사하나요?"

나는 생사귀를 똑바로 쳐다보았다.

"저희는 저희가 하기로 하면, 어디든, 누구든, 다 조사합니다."

나도 모르게 자부심을 가진 것 같은 말투로 말했다. 부끄러웠다.

생사귀가 이어서 물었다.

"그래서 뭘 조사했죠? 그 아이스크림 회사에 대해서?"

"규정 위반이 있는지를 조사했죠."

"무슨 규정에 대해서요?"

"모든 규정이요. 그 회사에 적용할 수 있는 모든 분야의 모든 규정에 대해 전부 조사해보기 시작했어요."

"아이스크림 회사가 뭔가 잘못한 게 있었나요?"

"조사를 다 하기까지는 알 수 없죠."

"조사는 언제 끝나는데요?"

"잘못한 게 충분히 많이 나오면 끝나는 거죠."

"만약 잘못한 게 안 나오면, 그냥 끝나요?"

이번에도 생사귀는 농담을 하는 것 같았다. 얼굴도 웃는 표정이었다. 그래서 나도 한번 크게 웃어주었다.

"제6조사실 직원들 사이에서 나오는 이야기 중에 이런 게 있어요. '조사는 우리가 끝내지 않으면 영원히 안 끝난다'."

"어떻게 그럴 수가 있지요?"

"이 나라에는 1,611개의 법률이 있어요. 그 법률 하나하나마다 법 조항이 있고 법 조항마다 연결된 규정이 있지요. 그래서 한 사람이 지켜야 하는 규정의 개수는 이론상 2만 3,500건이 넘어요."

"그렇지만 아무리 그렇다고 해도 그 2만 3,500건에 대해서 전부 다 조사를 마치면 끝나는 거잖아요. 일부러 조사를 질질 끄나요?"

"일부러 조사를 질질 끌면 규정 위반이죠. 그런 게 아니에요. 국가는 계속해서 새로 법을 만들거나 있던 규정을 고친다고요. 1년 평균 3,200건의 규정 추가나 수정이 일어나는 게 보통이에요. 그러니까 1년 동안 우리가 온갖 분야에 대해서 조사를 하고 나면, 그렇게 조사를 한 만큼 다시 새로운 규정이 만들어져 있어요. 남아 있는 규정의 숫자는 영원히 줄어들지 않는다고요. 조사는 영원히 계속되는 거예요."

"그러면 조사는 언제 끝나는데요?"

"우리가 끝내려고 할 때."

생사귀는 재미있어하는 것 같았다. 거기에 시공간을 초월하는 이론의 비밀이 숨겨져 있다고 말하려는 것 같아 보이기도 했다.

"그래서 결국 규정 위반 사항을 찾아냈나요?"

"찾아내는 중이었죠. 그래서 점검도 하고, 감찰도 하고, 자료 요구도 하고, 소송도 하고, 재판도 하고. 계속 그랬죠."

"그러니까, 아이스크림 회사는 어떻게 하던가요?"

"미치려고 하죠. 먹고살기도 바쁜데, 자꾸 옆에서 재판 나오라고 하지, 무슨 자료 제출하라고 하지, 회사에 찾아가서 직원들 면담한다고 하지, 컴퓨터 뒤진다고 하지. 그런데 무슨 일을 하겠어요? 그럴 때 회사는 제발 어떻게든 빨리 해결하고 털어버리려고 하거든요."

"그런데요?"

"그런데 털어버리기가 서로 간에 애매해진 거예요."

"어떻게 애매해진 거죠? 그냥 '잘못했습니다. 용서해주십시오. 시키는 대로 하겠습니다'라고 하면 되는 거 아닌가요?"

"보통 어느 조직이든 높은 자리에 있는 사람들은 시간이 지나면 다른 부서로 발령 나지 않습니까? 그래서 처음에 있었던 소비자제품과 과장은 진작에 생산지원과 과장으로 옮겨 갔고요. 그때 아이스크림 회사 대표랑 부사장이라는 사람도 다 퇴직금 받고 은퇴했어요. 지금 남아 있는 사람들은 양쪽에서 도대체 뭐 때문에 왜 싸우는지도 모르고 그러고 있는 거예요."

"그러면 그 싸움은 영원히 안 끝나나요?"

"그럴 수는 없죠. 그러면 국가적 낭비잖아요. 그래서 적당한 시점이 되면 저희는 조사를 그만둡니다."

"그렇게 조사를 그만둘 수가 있나요?"

"어쩔 수 없잖아요. 인력과 예산이 없으니까."

"그러면 그 적당한 시점은 언제죠?"

"그 시점을 정하는 게 상당히 예술적인 영역의 일입니다."

나는 한숨을 쉬었다. 생사귀는 멋진 답변을 기대하는 눈치였다. 나는 솔직하게 말하기로 했다.

"대체로 일이 그 정도로 흘러가면 조사받는 쪽에서 뭐든 성의 표시를 좀 해야 합니다. 대표적인 게 이런 거죠. 정부가 사회봉사 단체를 하나 만들기로 하고, 그 봉사 단체의 운영비를 조사받는 쪽에서 냅니다. 그러면 높으신 분들은 정부와 민간이 힘을 합해서 이런 좋은 일을 벌였다고 선전하면서 웃는 얼굴로 사진을 많이 찍을 수 있는 것이고, 낮으신 분들은 그 새로 생긴 사회봉사 단체의 높은 자리로 가서 오래 월급 잘 받을 수 있게 되는 거죠. 아니면 뭐, 그 비슷하게 합법적으로 잘 처리해서 조사받는 쪽이 굽히고 들어와 찻값을 치른다는 식으로 하면 우리도 조사를 끝내는 그런 거죠. 서로서로 좋은 거예요. 서로서로. 윈윈이죠. 다 같이 잘되는 거죠."

"그런데 이번에는 일이 그렇게 잘 안 되었나요?"

"새로 아이스크림 회사 대표가 된 녀석이 완전히 꼴통이었거든요."

"꼴통이라면, 절대 제6조사실에게 굽히고 들어오지 않는 사람이 대표가 되었다는 건가요?"

나는 고개를 저었다.

"정반대죠. 새로 대표가 된 뒤에, 우리 부서로 한번 들어 오라고 전화를 했거든요? 그랬더니 '내일까지 기다릴 것 있 습니까. 제가 바로 가겠습니다'라고 하더니, 드론 택시 같은 걸 타고 날아서 바로 오더라고요. 완전 황당했어요."

"그리고?"

"그러고 나서 저희 회의실로 들어오더니, 그 영화에 나오는 007 가방이라는 거 있죠? 딱 그렇게 생긴 가방을 꺼내더니 그걸 열어요. 안에 5만 원짜리가 가득 들어 있어요. 그러면서 그러더라고요. '이렇게 뭉칫돈으로 드리면 쓰기 불편하실 텐 데 죄송합니다. 이 돈으로 집이라도 한 채 사시려면 은행 계 좌에 입금할 때 잘못하다가 세무조사 같은 것에 걸릴 수도 있 을 텐데 그것까지는 저희가 해결 못 하겠습니다.' 그 돈을 그 냥 우리보고 다 가지라고 하더라고요. 와, 그런 인간 정말 처 음 봤어요."

"그래서 어떻게 했죠?"

"당연히 이딴 짓 하지 말라고 했죠. 이건 완전 불법 뇌물 이잖아요. 이런 거 받으면 큰일 난다고요. 그리고 제6조사실 직원으로서 나름대로 자부심도 있는데, 이런 거나 받아먹고, 괜히 거들먹거리고. 뭐, 그러려고 힘들게 나랏일 하는 게 아 니잖아요."

"그러면 반대로 아이스크림 회사 대표가 뇌물을 주려고 한다고 신고를 했나요?"

"거기서 문제가 꼬였어요."

나는 한숨을 쉬었다.

"직원들이 두 패로 나뉘었어요. 그냥 그 돈 받자고 하는 직원들이 있었어요. 아주 옛날에는 그런 식으로도 처리한 적이 있었다고. 그래서 제가 따졌죠. 뭉칫돈 그렇게 많이 받아봤자 어디에서 받은 돈인지 증명 못 하면 맘 편히 쓰지도 못한다고요. 그랬더니 그것도 다 처리할 수 있는 방법이 있다는 거예요. 서류 조작 같은 걸 하나 싶었어요. 무슨 이상한 짓을 더 할지 몰라서 제가 그래도 이건 아니라고 했죠."

"그런데도 설득이 안 된 직원이 있었나요?"

"있었죠. 이번에 제6조사실에서 나가서 다른 부서로 빠지게 된 사람들이 직원 중에 있었거든요. 퇴직하는 직원도 있었고. 그 직원들은 이번이 마지막 기회니까 놓치고 싶지 않아 했어요. 그래서 저희가 좀 심하게 싸웠어요. 감정도 좀 격해지고. 그렇다고 뭐, 선을 넘은 건 아닌데."

"그런데 결국 거기서 문제가 생겼죠?"

나는 이때 대답을 머뭇거렸다. 그러나 결국 모든 것을 기억나는 대로 다 말했다.

"맞아요. 평소에는 굉장히 조용하고 차분하니 일만 잘하던 직원이 하나 있었어요. 그런데 그 직원이 이런 식이면 아예

제6조사실이 뇌물 받으려고 한다는 사실을 외부에 다 알리겠다고, 가만 있지 않겠다고 한 거예요."

"그걸 조직에 대한 위협이라고 생각했나요?"

"위협이죠. 저도 돈 먹자는 데 반대하기는 했지만, 그렇다고 모든 걸 까발리고 우리 직원까지 신고하는 건 너무 나갔다고 생각했거든요. 아예 예전으로 거슬러 올라가서 모든 걸 다 뒤집어 엎어놓고 보자고 하면 일이 너무 커지는 것 같고. 도대체 어디까지, 얼마나 피해가 생길지 모르는 일이잖아요?"

"그래서 어떻게 했죠?"

"뭘 어떻게 했다기보다는 엎치락뒤치락 한바탕 쇼를 했죠."

생사귀는 내 말을 듣고 표정이 바뀌었다. 사람의 표정으로 치자면 빙그레 웃는 것 같은 느낌이었다.

"어떤 쇼였죠?"

"모든 것을 까발리자는 직원이 도망치고. 그러면 다른 직원들이 그 직원을 추적하려 하고. 그 직원이 휴대폰이나 컴퓨터를 이용해서 인터넷으로 뭘 알리려고 하면 그걸 막기 위해 애쓰고. 돌아보면 꽤나 화려하고 거창한 일 많았어요. 우리가 어쨌든 그 무섭다는 제6조사실 직원들 아닙니까. 그렇다 보니까, 다들 체력도 좋고 무슨 기술 같은 것도 많이 알거든요. 격투도 잘하고 달리기도 잘하고 높은 데서 막 뛰어내리고 이쪽 건물 지붕에서 줄 던진 다음에 줄 타고 옆 건물로 건너가고. 뭐, 그런 거 있잖아요? 서로 간에 그런 걸 하면서 여기저기 헤집고 돌아다니고 한바탕 아주 서커스를 했죠. 그런 작전을 해야 하다 보니까, 외부에는 우리가 무슨 일을 하고 다니는 건지 둘러대야 하잖아요? 무슨 살인범을 쫓고 있다. 사기범을 쫓고 있다. 조희팔이 아직까지 살아 있어서 쫓고 있는 거다. 관계 기관들에 그런 말을 하고 다니는 것도 굉장히 혼란스럽더라고요."

"그래서 어떻게 되었습니까? 결국 그 직원을 잡았나요?"

"웬걸요. 그 직원이 반대쪽 직원들을 역으로 털었어요."

"역으로 털다니요?"

"우리가 원래 받을까 말까 했던 돈 있잖아요? 우리가 자기 따라 다니느라 혼란스러운 틈을 타서 아이스크림 회사가 준 그 돈을 냉큼 자기가 챙긴 거예요. 그러고 나니까 제6조사실 내부 직원들 중에 거의 돌아버리려고 하는 사람들도 생겼어요. 처음부터 제6조사실에 대해서 세상에 까발린다고 하던 이야기는 그냥 우리를 방심시키려고 해본 소리였고 애초에 혼자 돈 먹을 생각했던 것 아닌가 하는 이야기도 나왔고요. 그러다 보니까 일이 더 꼬이기도 했고요."

"거기서 일이 더 꼬일 수도 있나요?"

"돈 챙긴 그 직원이랑 싸우던 반대편 직원들 중에 한 명이 애초에 짜고 그렇게 일을 꾸민 것 아니냐는 이야기까지 나왔거든요. 좀 의심스러운 상황이기는 했어요. 그렇게 의심을 하다 보니까, 한 명의 소행이 아니라 내부에 돈 챙겨 먹기

34

3인조가 있었던 것 같다. 아니다. 4인조가 있었던 것 같다. 뭐, 그런 이야기도 나왔고. 심지어 저도 의심을 받았죠."

지금 돌아보니 이 정도면 이야기가 후반부에 도달하는 지점이다. 슬슬 이야기가 마지막 단계로 접어드는 것이 맞아 보였다. 나는 생사귀가 가장 좋아할 만한 이야기를 하기 시작했다.

"그즈음 되니까 도대체 이게 다 무슨 짓거리인가 싶더라고요. 애초에 이런 짓을 왜 하는 걸까? 무슨 의미가 있나? 굉장히 고민스러웠어요. 대체 조직의 목표란 무엇인가? 조직원의 삶이란 무엇인가? 인생을 왜 사는가? 나는 무엇 때문에 이렇게 살고 있을까? 이런 고민에도 빠져들게 됐죠."

"그런 문제에 답이 있나요?"

"답은 잘 모르겠어요. 그런데 이런 생각이 들더라고요. 이 모든 것은 어차피 다 정해져 있는 것이다. 다 나와 있는 것이다. 그런 생각. 나는 지금 이 시간, 현재를 살면서 내가 어떤 결정을 하고 그에 따라 새로운 시간을 맞이한다고 생각하지만 사실은 전후의 모든 시간, 내 삶의 모든 사건은 이미 다 글로 써놓은 내용처럼 과거도 미래도 다 나와 있는 거라는 생각이 들더라고요. 바로 「얼어붙은 이야기」 같은 소설처럼."

"그게 하려던 이야기의 결론입니까?"

"아니요. 한참 그런 생각하면서 방황하는데 갑자기 제일 솜씨 좋던 직원이 돈 들고 튄 직원을 결국 잡았다고 하더라고요. 그래서 일단 거기로 갔죠."

"가서 어떻게 했나요? 비밀을 지키기 위해 목숨을 빼앗았나요?"

"어떻게 민주국가에서 그런 짓을 하겠습니까? 아무리 정부에서 그동안 국민들을 대상으로 별별 험한 짓을 다 해온 게 현대사의 비극이라고 해도 그런 흉측한 짓을 할 수는 없죠. 더군다나 실용적인 문제도 있어요."

"실용적인 문제요?"

"사람이 목숨을 잃었다고 하면, 그게 사망 처리 되는 거잖아요? 그런데 멀쩡한 사람이 목숨을 잃었다고 하면 아무래도 이상한 점이 눈에 띄기 마련이거든요. 주변에서 자꾸 의심하면서 왜 그 사람이 갑자기 목숨을 잃었는지 조사하고 밝혀내려고 하는 경우도 있고요. 한두 건이면 적당히 넘어갈 수도 있는데 제6조사실 같은 조직이 긴 세월 이런저런 일을 많이 하면 결국 그런 문제가 쌓여서 의심이 짙어지게 돼요. 그러니까 함부로 사람 목숨 빼앗는 일은 조직에도 큰 손해예요."

"그러면 무슨 조치를 취하죠?"

"그것 때문에 제가 이 꼴이 되었죠."

나는 트럭이 덮치기 직전인 상태로 멈춘 채 뿔 난 형체의 괴물과 대화 중인 내 모습을 한번 스스로 돌아보았다.

"저도 예전에는 그렇게 험하게 돌아가는 문제에 대해서는 몰랐어요. 이번에 알게 됐죠. 그런 경우가 되면 제6조사실 심리 팀에서 일을 맡아 처리한다고 하더라고요."

"심리 팀이요?"

"처리 대상한테 향정신성 약물 중 이런 용도로 잘 개발되어 있는 것을 주사한대요. 마약에 취하게 만드는 거죠. 아주 강한 마약이요."

"왜 그러는 거죠?"

"그러면 헛것을 보고 헛소리를 하고 정신이 완전히 이상해지거든요. 잘하면 한 몇 주일 그러다가 회복될 수도 있기는 한데, 잘못하면 완전 마약중독자가 돼서 여기저기 뒷골목 다니면서 마약만 구하러 다니다가 인생을 망치게 되는 거고요. 어찌 됐든 그렇게 되면 사람이 맛이 간 소리를 하고 다니게 돼요. 그렇게 그 사람이 무슨 소리를 해도 믿지 않게 되는 거죠. 어디 경찰서 같은 데 가서 자기 말 좀 들어달라고 빌어도 자꾸 말도 안 되는 환상 같은 소리만 한다는 거예요. 게다가 검사하면 마약중독자로 검사가 되니까요."

"그러니까 한번 강한 마약중독자로 만들어두면 아무리 그 사람이 '정부 내부의 제6조사실이라는 조직이 소비자제품과라는 부서와 아이스크림 회사가 밀고 당기기 하는 와중에 큰 돈을 먹으려고 한다'라고 떠들어도 마약중독자가 겪은 환각이라고 생각한다는 이야기죠?"

"바로 그거죠. 그때 쓰는 마약은 가루약 형태로 지급되는데, 가루가 부서지기 전에는 꼭 무슨 작은 얼음 조각처럼 생겼거든요. 그래서 별명이 아이스예요. 이런 식으로 문제가 되는 사람을 심리 팀에서 처리하는 방법을 아이스 때리기라고 하더라고요. 저도 이번에 처음 알았어요."

"그래서 아이스 때리기를 하는 데 동참하셨나요?"

"어떻게 그러겠어요. 사람을 완전히 폐인으로 만드는 건데."

"그래도 운이 좋으면 한 몇 주일만 고생한 다음에 다시 털고 정상 생활로 돌아올 수 있는 것 아닙니까? 물론 그 사이에 이상한 행동을 하고 마약 기록이 남을 수도 있으니까 그 후의 삶에는 피해가 되겠지만."

"제가 지적하니까 심리 팀 직원들이 하던 이야기가 딱 그 거였어요. 이게 생각처럼 그렇게 큰 피해를 입히는 일은 아니라고요. 입 막자고 사람을 총으로 쏘는 것보다 얼마나 인도주의적이냐, 그런 소리를 하더라고요. 그러고 나서 가만히 보니까, 당국에서 단속을 그렇게 열심히 한다고는 하는데 우리나라에서 근절이 안 되는 마약이 하나 있거든요. 그 마약이 그렇게 계속 이어져나가는 것도 사실은 심리 팀 직원들이 아이스 때리기 했을 때 그 비슷한 마약중독자가 있어야 그럴듯해 보이니까 일부러 남겨두는 것 아닌가 하는 생각까지 들더라고요."

"그래서 선생님은 아이스 때리기로 배신자를 처리하는 데 반대하셨다?"

나는 고개를 천천히 끄덕였다.

"맞아요. 저는 나름대로 나라를 위해서 보통 사람들은 절대 할 수 없는 위험한 일을 하는 요원이라는 자부심이 있었어요. 영화 같은 데 나오는 특수 요원이 하는 일이랑 비슷하잖아요. 그런데 이게 뭐예요? 이건 완전 나쁜 짓이라고요. 더군다나 한때 같은 부서에서 동료로 일했던 직원 아니에요? 그런데 이렇게 폐인으로 만드는 공격을 한다고요? 사실 저는 그때 잡힌 직원이랑 과거에 가까워서 좀 같이 일이 있기도 했고. 그래서 아이스 때리기는 절대 하면 안 된다고 주장했죠."

"그렇게 의견이 달라진 덕분에 결국 선생님은 제6조사실 전체의 적이 되셨겠네요."

"맞아요. 이제 제6조사실이 저를 따라다니고 있고요. 이제 제가 아이스 때리기의 대상이에요."

그리고 나는 내 옷의 팔을 걷어 보였다.

"이게 무서운 게, 마약 주사를 강제로 맞힌다는 게 무슨 예방접종을 하는 게 아니잖아요? 그래서 꼭 팔이나 엉덩이에 곱게 주사를 놔주는 게 아니에요. 그냥 지하철이나 버스 안에서 누가 부딪히는 척하면서 슬쩍 침으로 찌르면 마약 주사를 맞았는지 어쨌는지 알 수가 없어요. 아주 조금만 약물을 주입하면 되기 때문에 자국도 거의 안 남고요. 저도 이렇게 보면 흔적은 없는 것 같잖아요?"

"아직까지는 선생님이 아이스 때리기에 당하지 않으셨다는 뜻인가요?"

"알 수가 없어요."

"바늘로 찌르면 따끔할 텐데요?"

"아니라고요. 저희들이 쓰는 건 즐거움을 주려는 마약이 아니잖아요. 사람 정신을 꼬이게 하고 뇌를 보통 사람과 완전 다른 방식으로 작동하도록 이어주는 약이에요. 세상을 보는 방식, 현실을 이해하는 방식을 완전히 엉망으로 뒤집어서 아주 얼토당토않은 헛소리를 갖가지로 진지하게 생각하도록 하는 그런 약이에요. 그래서 한번 아이스 때리기에 당하면 기억도 꼬이고, 감각도 달라져요. 내가 따끔한 바늘에 찔린 적이 있었는지 없었는지를 기억 못 해요. 그냥 바늘에 찔린 뒤 집에 와서 휴대폰으로 SNS를 보면서 엎드려 있다가 출출해서 밤에 야식 시켜 먹고 TV 보다가 잠들었다고 쳐봐요. 약 기운이 퍼지고 나면, 간밤에 우연히 첫사랑을 만나 다시 사랑을 확인하고 미래를 맹세했는데 갑자기 바다에서 인어가 나타나 첫사랑을 붙잡아 간 것 같다는 황당한 생각을 하면서 아침에 깨어나게 된다는. 뭐, 그런 식이라고요."

"그 말씀은 지금 자신이 제정신인지 아닌지도 모르겠다는 뜻입니까?"

"무조건 확신할 수는 없죠. 저는 정말 조심하고 있어요. 그런데 그래서 그런지, 엊그제부터는 제6조사실에서 아예 저와 몇몇 직원에 대해서는 도저히 어쩔 수 없다고 판단하고 그냥 목숨을 빼앗으려 하는 것 같더라고요. 새로 개발된 초소형 자율 주행 개미 로봇을 저한테 몰래 달라붙게 해서 귓구멍 속으로 들어가 제 뇌를 파괴하도록 한다든지, 최신 기술로 만든 사이보그 암살자를 보내려고 한다든지, 레이저 빔 암살용 저격 총으로 저를 아주 멀리서 공격해 사살하려고 한다든지. 뭐, 그런 시도를 하려는 것 같아요. 그래서 저는 지금 자동차를 운전해서 허겁지겁 도망치려고 했거든요. 그런데……"

"그런데, 어디선가 나타난 커다란 트럭이 지금 선생님을 덮치려고 한다. 그런 거죠?"

"그런 거죠."

나는 생사귀의 마지막 말을 따라했다. 생사귀는 몸을 움직여 일어나는 듯했다. 몸의 형체가 바뀌는 듯하기도, 빛을 내뿜는 듯하기도 했다. 그러나 다시 생사귀가 얼굴을 돌려 나를 정면으로 바라보자 그 모습이 너무 선명하게 와닿아 다른 생각은 할 수 없었다.

생사귀가 말했다.

"재미있는 이야기 잘 들었어요."

생사귀는 트럭을 보았다.

"원하시는 대로, 저 트럭은 선생님과 충돌하지 않고 간발의 차이로 미끄러져 비껴간 것으로 시간을 바꿔드리도록 하죠. 그러면 되겠죠? 뭐, 또 더 필요하신 것 없나요?"

나는 얼마 전부터 마음속에 폭발할 것처럼 치솟던 질문을 빠르게 이야기했다.

"제가 처음으로 쫓기고 당하는 입장이 되면서, 많은 것을 깨달았어요. 처음으로 인생을, 삶의 시간을 바닥부터 생각하게 되었고요. 모든 것에 대한 이해가 처음부터 전혀 다른 수준에서 달라지고 있어요. 그래서 이 질문을 하고, 그 답을 듣고 싶어요."

"질문하시죠."

"인생이 길지 않잖아요. 수십억 년 된 행성과 별 들이 지내오는 시간에 비하면 백 년쯤은 잠깐이란 말이에요. 그리고 그나마 넓디넓은 우주의 한 귀퉁이에서 수십억 명이나 되는 사람 사이에 부대끼며 보내는 삶이거든요. 그런데도 그게 굉장히 귀중하다는 생각은 또 있어요. 아까 우리가 이야기했던 대로, 이런 삶 하나를 위해서 은하계 몇 개를 희생해도 된다고 생각하기도 하거든요."

"벌써 희생시키고 있어요."

"저는 이게 너무 이상해요. 그래서 궁금해서 도대체 이게 뭔지, 제가 겪고 있는 이 모든 시간과 공간이 뭔지, 그 답을 알고 싶거든요."

"좋아요. 그것까지 명쾌하게 답해드리지요."

지금 돌이켜보니 그때 생사귀는 소설의 남은 분량을 생각 중이었던 것 같다. 그리고 내가 원하는 문제의 답을 이야기해주었다.

"이렇게 생각해보면 어떨까요. 이 모든 것은 사실 '나는 내가 누구인지 알고, 이게 다 무슨 짓인지 정확히 알고 있다'라는 문장으로 시작하는 소설의 내용이라고요. 선생님은 그 소설의 등장인물이고요. 이제 차차 생각해보면 분명히 알게 되실 거예요."

　그 말을 마지막으로 남기고 생사귀는 사라졌다. 트럭도 사라졌다. 모든 게 끝난다는 두려움과 혼란도 사라지는 느낌이 들었다. 그 말대로 이제 나는 모든 것을 다 알게 되었고 모든 것이 명쾌해졌다는 느낌을 받았다. 정말 기분이 좋았고, 머리가 잘 돌아가는 느낌이었고, 온몸에 힘찬 기운이 돌았고, 즐거웠다.

　그리고 나는 행복하게 오래오래 잘 살았다.

—2022년 목동에서

# 채빙

구병모

저들이 나를 사한司寒이라 부르며 목 놓아 운다. 나뭇가지에 찔리거나 돌 조각에 베이기라도 했는지 통성에 다름 아닌 소리로 노래하고 춤추다 실제로 제 팔뚝 안쪽을 돌칼로 그어 피를 내는 이들, 데려온 흰 짐승의 가슴을 갈라 염통을 꺼내어 두 손으로 바치는 시늉을 하는 이들. 염통은 자신이 포유류의 몸에서 갑작스레 떨어져 나왔음을 인식하지 못하고서 바깥세상의 공기를 낯설어하듯 여전히 꿈틀거린다. 짐승의 가죽도 흰데 그들이 발 딛고 선 자리며 그들 뒤로 펼쳐진 하늘까지 희어서, 뿜어져 나오는 피와 선명한 대조를 이룬다. 무리 중 제일가는 자, 사한에게서 어떤 징조가 비치거나 신탁이 내려온다면 그걸 받아들여 해석할 자격이 있다고 추대된 듯 자세나 차림이 남다른 자가, 제 손 안에서 펄떡펄떡 뛰는 염통을 높이 들어 보이며 머리를 조아리다가 얼음 제단에 그것을 올려놓는다. 그런 다음 제 얼굴은 물론 옆에 선 이들의 얼굴에도 피를 나눠 바르고 울부짖으니 너 나 할 것 없이 피눈물을 쏟는 것처럼 보인다. 죽임당한 것이 무해한 짐승인지 저들인지 언뜻 분간되지 않는다. 그들의 이런 모습은 제의를 시작하기 전 각자 입속에 넣고 씹은 나뭇잎—어디도 아닌 장소에, 언제라고도 말할 수 없는 시간에 존재를 투척하여 결국 자신이 누구도 아니게 되는 경험을 선사하는 비밀스러운 독성을 띤—에 그 이유가 있다고 짐작되나, 나는 소리를 내지 못하여 그들에게 물어 확인할 수 없다. 정신이 들고부터 이게 다 무슨 일인지, 누가 이런 음성과 행위를 원하는지 알 수 없다.

　정신이 들고부터. 지금 이 상태를 정신이 들었다고 보아도 좋은가. 정신이 들었다는 것은 들 만한 정신을 가진 존재에게 성립하는 말이 아닌가. 태어나 갓 눈을 뜨고 세상이라는 화폭에 점과 획을 찍고 그어나가야 할 새끼가 아닌 다음에야 내가 누구인지 혹은 무엇인지, 여기가 어디이며 나는 어떤 시절과 상황의 그물망에 걸려 있는지를 아는 것이 정신의 시작 내지 전부가 아닌가. 이런 정도의 인식 회로가 돌아 일단 내가 무언가의 새끼 아닌 성체라는 짐작만은 들지만 그렇다고 하여 무엇인지까지 확인하기에는 몸이 부자유하다. 부자유 이전에 뼈, 근육, 혈관, 체세포로 이루어진 몸이 있는지 없는지도 불분명하다. 인식이 홀로 떠돌지 않으며 그것을 담는 몸이라는 그릇이 있다면 마땅히 그것을 내려다보고 인지할 수 있어야겠는데, 내 몸을 내가 만지거나 볼 수 없으니. 몸은 없고 그 자리에 시선으로만 존재하는 것처럼. 혹 몸이 있었더라도 지금은 올올이 녹아 사라지고 의식만이 남은 것처럼. 그렇다면 나는 무언가의 혼백일지도. 이름도 역할도 없는 잡귀인 걸 저들이 모르고서 사한이라며 떠받드는 것일지도. 하나 혼백이라면 지금 같은 정박보다는 부유의 속성을 지녀야 하지 않나. 시작과 끝이 없이, 시간과 공간을 구분하는 폐곡선도 없이, 그 어떤 질량이나 부피에서도 벗어나, 시선 그 자체가 무한을 넘나드는 탐색과 통찰과 서술의 주체가 되어야 하지 않나. 그러나 나는 저들이 내 앞에서 보여주는 것만 포착할 수 있고 내 시야 바깥에 대해서는 알지 못한다. 그들과 나 사이에 형성된 거리와 각도를 변주할 수 없다. 아무래도 내게는 광학적인 의미로서의 눈이 있지만 몸은 어딘가에 결박당하거나 잘려 나간 듯하다. 제 간을 쪼아 먹으러 날아온 맹금 외에 바위산 뒤쪽의 파도는 볼 수 없었을, 사슬로 묶인 티탄과 같이.

애초에 저 많은 이가 손을 잡고 제자리에서 빙글빙글 돌고 누군가는 탈구가 될 때까지 어깻짓을 하면서 피리를 부는가 하면 어떤 이는 두 개의 채를 휘두르며 북을 두드리기에, 그들이 일으키는 울림이 내 몸을 (몸이, 있다면!) 흔들어 난타하는 감각을 견디지 못하고 깨어난 것이다. 나는 저들의 소음과 주목에 벼락같이 노출된 채로 말을 건네거나 손발을 뻗을 수 없으니 그들이 하는 짓을 망연히 볼 뿐이며, 그들은 자기들이 하는 일에 도취되어 내가 깨어나거나 말거나 그런 건 개의치 않는지, 혹은 내가 눈을 떠도 감아도 별반 차이가 엿보이지 않는지, 나의 각성을 알아채지 못한 양 하던 걸 계속하고 있었다. 나는 입을 벌린다(고 착각한다). 당신들은 어쩌자고 환희의 도약인지 두려움의 무도인지 알 길 없는 몸짓으로 내 앞에서 작열하는가, 말한다(고 믿는다). 말하는 소리가 내 귀에도 들리지 않으니 내게는 성대가 없거나, 있다 한들 소리가 그것을 현금弦琴하여 나오지 않는 상태에 놓인 듯하다. 저들이 일으키는 소동은 두꺼운 장막이 몇 겹 끼인 것처럼이나마 들려오기는 하는 걸로 보아 내게도 귀가 붙어 있으며 정상적으로 기능하는 모양인데, 입과 목은 어디로 달아 났는가. 하기는 입과 목만 문제가 아니다. 어쩌면 나는 다른 기관을 잃은 채 한 개의 머리로만 이곳에 존재하는지도. 손과 발은 애초에 갖지 못했는지도. 일단 생물이긴 한가. 의식이 붙어 있다고 하여 생물임에 틀림없다고 믿어서는 안 된다. 의식 자체가 착각일 수 있어서 그렇기도 하지만, 무엇보다 저 움직임이 나와 저들의 차이를 가른다. 어깨 위로 들어 올린 손이며, 제 몸을 중심축으로 하여 팽이처럼 돌아가는 허리와 다리. 올라간 손은 언젠가 내려와야 하고 돌아가던 몸은 멈추거나 넘어지거나 죽어야 한다. 그 몸은 시간의 흐름으로 인해 움직임을 갖는다. 나는 저들을 보고 듣는 것 외에 다른 동사로 나를 확인할 길 없어, 내게 흘러들어 온 시간은 그대로 거미줄에 걸려 말라가고 바스러진다.

저들이 무엇을 바라는지, 내게 그들의 바람을 들어줄 능력이 있는지 여부와 무관하게 영문 모르고 사한이라는 이름으로 불리기 시작한 뒤부터 줄곧 궁금했는데, 수차례 제의가 이어진 동안 조각조각 쌓인 정보를 취합하여 이제는 알 수 있다. 두꺼운 장막을 통과한 육중한 소리가 뭉개진 발음으로 쏟아지는 동안에도 청각은 장막 너머 그들의 호소를 감지하고, 비록 왜곡과 생략을 수반하겠지만 그간의 내력과 제의의 의미를 눈치채게 된다. 내가 깨어나기 전의 세상에서 일어난, 나는 모르는 일들에 대해서부터.

미래를 불쏘시개 삼아 오늘을 눈부시게 밝히는 날들로 일관하던 어느 날, 세상에 존재하던 대부분의 얼음이 녹았다 한다. 유출되어 밀려온 해빙 아래 거의 모든 땅이 잠기고, 살아남은 소수의 사람은 맨살에 닿으면 화상을 입기 일쑤인 땅 위에 연녹색 나뭇가지와 연보랏빛 잎사귀를 깔아 잘 곳을 찾고 먹을 것을 도모하며 세대를 이어 내려왔다 한다. 얼음이 녹아 불어난 큰물이 살아 있는 모든 것을 덮치면서 그들의 증조부며 고조모 이전의 선대들이 누리던 문명은 땅속이나 더운 물속에 잠들어버렸고, 지금은 얼음의 융해와 함께 온 세상이 갈가리 찢긴 뒤 구사일생으로 살아난 이들의 몸을 빌려 태어난 자들의 후손만이 살아 있어서, 그 일에 대해 유년기의 막연한 전설로만 들었을 뿐이니 무엇부터 다시 구축해야 할지 엄두를 내지 못한다. 이미 갖춘 무언가를 보수 정비하여 발전시키는 차원이 아니라 전멸과 폐허의 터전에서 시작해야 하는데, 그러기엔 과거로부터 존속해온 사람들의 수가 적을뿐더러 일단 생물학적 죽음으로부터의 모면이 급선무인 것이다. 먼 옛날에는 멀리 있는 사람과 코앞에서 대화를 나누는 도구가 있었다고 하나 당장의 마실 물이 문제. 가만히 있어도 더운 바람을 차게 바꾸어주는 기구가 있었다고 하나 그보다는 식량의 저장과 보관이 문제. 심지어 살과 피와 뼈가 아니라 광물로 만들어진 인조인간마저 있어서 사람 대신 무겁고 힘든 일을 해주었다는 거짓말 같은 이야기도 전해져 오나 눈앞의 살과 피와 뼈를 보호하는 게 과제. 그 모든 편리하고 경이로운 문명의 설계도가 그들에게는 존재하지 않으며, 설령 남아 있다 한들 그것을 해독할 수 있는 사람이 없음은 물론, 그 같은 설계도를 발굴하거나 펼쳐보기 위해 필요할 인공의 동력 또한 지금 시대에는 없다고 한다. 지혜를 동원하여 높은 곳의 열매를 따고 짐승을 사냥하고 불을 피우고 땅을 갈고 싹을 틔우는 일을 할 수 있지만, 그게 가능한 땅을 찾아 정착하는 데에도 한 세대 가까운 시간이 걸렸으며 지금은 빛과 물이라는, 자연이 변덕스럽게 주었다 뺏었다 하는 자원을 활용하는 기초적인 단계에 도달하여, 더욱 효과적인 대규모 농사를 위한 동력 장치 같은 건 아직 만들어내지 못했고 인구수나 생활 형태로 보아 그게 절요切要하지가 않은 것이다. 낯선 짐승의 어금니에 물려 온몸에 독이 퍼졌거나 까닭 없이 앓는 사람을 위해서는 깨끗이 씻기고 나뭇잎을 붙여준 다음 기도하는 수밖에 없고, 그런 일들을 그럴듯하게 해내서 왠지 모르게 성스러워 보이는 사람이 그들 가운데 존경받다가 의사이자 제사장이 된다. 그러니 유난스럽다고 손가락질받으며 다수의 눈 밖에 난 이들의 예외적인 재능이 한 발자국 앞을 밝히는 동굴 속 불빛처럼 빛난 끝에 다음 세대로 바통을 넘기는 행위가 수백 세대는 이어져야, 그들은 과거의 설계도 근처나마 맴돌게 되리라는 것이다.

　그들이 읍소하는 이야기 안에서 건져지는 특정 용어들은, 어떤 것은 내 이해 바깥에 존재하기도 하고 어떤 것은 분명 어디선가 들어본 듯싶지만 그것이 과거의 내 기억인지 전생의 한 갈피인지 가물거리는 데다 내가 기억을 가진 존재는 맞는지도 불분명하다. 현재 나의 고정과 고요 상태로 보아선 세상 여러 곳을 다니며 많은 경험을 쌓아 기억을 형성한 존재는 아닐 텐데, 어떻게 자원이니 장치니 그런 말들을 익히 알고 있다는 느낌이 드는 걸까? 정말 그들이 일컫는 대로 내가 사한이기 때문인가? 신은 말이 존재하기 이전의 말 그 자체여서, 모든 말이 말해지기 전부터 그 말들을 알고 있음이 당연한 격格인가? 그들이 들려주는 정보가 또 다른 정보와 닿아 부풀어 오르면서 수많은 단어와 지식 들이 야행하는 백귀처럼 내 머릿속을 배회한다. 몇백 년인지 몇천 년인지 모르게 꾸어온 꿈들이, 세상 모든 지식의 출현 이전부터 내게 그것들을 기입하여, 내 안에는 기지既知의 기둥과 미지未知의 가지가 우거져 있다. 나는 수억의 세월이 한꺼번에 압축되고 뒤틀려 특징은커녕 원형조차 잃은 지층의 일부와 같아, 모든 것을 아는 동시에 어떤 것도 모른다. 만약 그것이 신의 유일한 특성이라면, 나는 저들이 부르는 대로의 존재가 맞을 것이다.

불의 대지에서도 지표면을 뚫고 나오는 싹이 있다. 만년의 더위 속에서도 그들 삶의 터전과 멀리 떨어진 산에 눈이 녹지 않은 곳이 남아 있다. 1년에 몇 번은 눈이 내리기도 하며, 비가 오면 산자락을 맴도는 수증기가 내려앉아 얼어붙는 곳이다. 중턱까지는 보통의 산과 같고 눈 쌓인 모습을 드문드문 볼 수 있으며, 거기서 조금만 더 위험을 감수하고 올라가면 완전한 설산에 사방은 얼음으로 가득하다. 과거의 문명이 물에 쓸려 가면서 자연 형성된 것으로 보이는 호수가 연중 얼어 있는데 그것의 깊이를 재어본 이는 아직 없다. 몇 세대를 지나며 대지의 열기에 지쳐 차라리 이런 곳에 공동체를 꾸리고 살아가면 어떨까 도전했던 사람들은, 일찍이 경험해 본 적 없는 기온의 폭력에 저항할 틈도 없이 무더기 동사체로 발견되었다고 한다. 사람들은 자신들의 신체 조건으로 보아 극단적으로 더운 땅과 칼날의 추위가 지배하는 땅 가운데 어느 쪽이 생명에 즉각적이고도 직접적인 위협이 그나마 덜한가를 판단하게 되었으며, 일정 주기로 얼음을 조금씩 떼어다가 마을로 갖고 내려가면서 살아가기로 한 모양이다. 내부를 서늘하게 유지해주는 토기를 빚어서 마른 식량을 보존하던 단계보다 위로 올라간 것이다. 운반 과정과 일상생활에서 얼음이 쉽게 녹아버리지 않도록 더운 공기는 빼내고 찬 공기는 가두는 보냉 상자와 저장고도 고안해냈다고 한다. 각종 전설에 따르면 그들은 답 없는 날들을 신에게 호소하면서도 언제나 스스로 답을 찾아내곤 하는 발전적인지 호전적인지 모를 속성을 지녔다 하는데 사실인 모양이다.

그러던 어느 날 채빙꾼들이 여느 때처럼 얼음을 깨다가, 산 정상에 있는 나를 보고 마을에 알린 것이다. 내가 있던 지점으로부터 그리 멀리 떨어지지 않은 곳에서는 아랫부분이 파묻힌 수상한 거대 구조물도 발견됐다고 말이다.

그 구조물은 나무나 돌이 아닌 다른 재료를 이용해 차갑고 매끈하게 지어져서, 생각이 깊은 이들은 이것이 옛 문명에서 흔히 쓰던 금속을 가공하여 지어진 것으로 추측했다고 한다. 구조물의 정체와 용도, 구체적인 형태와 크기를 알아내려면 어디까지 파묻혀 있는지를 측정해야 하고, 그것이 빠진 깊이를 알아내려면 그 둘레의 언 눈을 모조리 깨어야 한다. 이미 위로 드러난 부분만 하더라도 규모가 커서 그런 일에 많은 인력을 동원하기 어렵고, 섣불리 바닥의 얼음을 깨다가 일꾼들이 위험에 빠질 수 있으므로 건드리지 않았다고 한다. 옛날 사람들이 모여 살던 커다란 집? 하늘을 날다 추락한 비행기? 구름 너머 어딘가에 있다는 별들 사이를 다녀오는 데에 쓴 비행선? 뭐가 됐든 전설로 내려오는 오래전 문명의 일부임에 틀림없다고 판단한 이들도 있지만, 한편으로는 신의 거처가 부서진 뒤의 파편이라고 믿어 의심치 않는 이들도 많았다.

못사람들로 하여금 두려움과 전율 혹은 시원을 알기 힘든 도착적인 그리움마저 불러일으켰을 것으로 생각되는 그 물건이 나와 관계가 있는지 확실치 않더라도, 그 생김새를 볼 수만 있다면 내가 무엇이며 어디서 왔는지 실마리를 찾을 수 있을지도 모르는데, 나는 그들이 나누는 이야기를 통해서만 짐작할 수 있을 뿐이다. 인력도 장비도 부족한 그들은 결국 고고학적 유물을 발굴하기를 포기한 뒤, 알지 못하는 대상에 이름을 붙이고 속성을 부여한다. 눈앞에 보이는 나를 신으로 간주하며, 드러난 거대 구조물의 일부를 신전으로 삼는다.

이것이, 내 원래 정체는 물론 나와 그 구조물과의 관계가 밝혀지지 않았음에도 그들이 내 앞에 제단 비슷이 차리곤 나를 사한으로 일컬으며 추앙하게 된 경위다.

변변찮은 도구로 얼음을 깨거나 잘라야 하니 채빙꾼은 일단 힘이 좋아야 하며 다음으로 날렵해야 한다. 얼음이 녹기전에 마을로 내려갈 빠른 발— 이때 무거운 얼음덩어리를 지고도 발걸음이 처져서는 안 된다— 에다가, 산에서 헤매지 않는 밝은 눈과 기억력, 간혹 사람을 해치는 산짐승을 만나더라도 위기를 모면하는 지략과 담대함이 있어야 한다. 육체와 정신 구별할 것 없이 상상할 수 있는 모든 재능을 갖추어야 하며 아무나 될 수 없기에, 징집이나 차출이 아닌 자원과선발 과정을 거친다. 한번 얼음을 가지러 올 때 마을에서 지원하는 여비도 상당하여 크고 작은 위험 앞에서 좀체 퇴각하는 법이 없으니 가끔 목숨을 잃는 채빙꾼들도 나온다. 사나운 짐승의 공격이라면 그들이 가진 각종 도구로 쉽게 물리치는데, 정작 미끄러져 얼음에 부딪힌 머리가 깨진다든지 추락하여 뾰족한 얼음에 몸이 꿰여 죽는 수가 있다. 부모들은 자식이 채빙꾼으로 뽑히는 것을 자랑스러워하면서도 염려한다.
그들이 내 앞에 와서 선다. 둘레에 그득한 얼음을 한 바퀴 둘러본 뒤, 본격 채취 작업에 들어가기 전 내게 절한다. 얼음에 정이며 톱날을 대야 하므로 이 행위를 부디 노여워하지 마시고 바라옵건대 오늘도 안전하게 하산하도록 저희를 굽어살펴달라고 기도한다. 들어줄 수만 있다면야 들어주고 싶다. 내게 그들을 보호하는 능력이 있다면. 그 이전에 눈앞의 얼음이 내 것이라면. 그러나 저건 누구의 것도 아닌 듯싶고, 일단 내 것 아닌 것만은 분명하다. 그도 그럴 게, 얼음을 보아도 아무런 욕망이 일어나지 않는다. 비록 기억과 무관하게 눈뜨기 전부터 내게 주어진 얼음이며 내가 눈과 빛나는 얼음 가운데 있다는 이유만으로 경이와 위엄을 획득한 존재라 해도, 손 뻗어 만져볼 수도 없는 물건을 두고 내 것이라 할 수 없다. 한편으론 들어줄 수 있다 한들 들어주고 싶지 않기도 하다. 나는 여기 붙들려 삶도 죽음도 모르는 채로 그들을 바라볼 수밖에 없는데 어째서 내가 그들의 삶을 보장해야 하는가. 얼음을 채취하다 제 발 헛디뎌 죽는 것이 마을을 위한 영광이자 번영의 밑거름이 된다면, 기꺼이 죽음을 옆구리에 끼고 살아라. 내가 바란 적 없는 제물을 들고 와 앞에 늘어놓는 걸로 멋대로 계약을 맺으며, 신의 뜻대로……를 입에 달고 살면서 정작 제 뜻과 맞갖지 않으면 신을 원망하거나 부정하기 일쑤인 이들아.

그 무리와 섞여 들지 못하는 듯싶은 한 채빙꾼이, 저마다 일하러 흩어지자 멀찍이서 남들 눈치를 보더니 내게로 다가온다. 사람이 셋 이상 있으면 가끔 그런 자들이 눈에 띈다. 사람들과 어울리는 걸 즐기지 않거나 원만한 말씨와 표정을 보여주지 않는 자. 흉포한 이를 드러내고 거드럭거리며 여기 저기 싸움을 거는 이보다는 나을 텐데도, 가만히 있다는 이유로 무리에서 괴팍하다든지 수상하다든지 눈 뜬 모양이나 심지어는 생김새가 마음에 들지 않는다든지, 갖은 핑계로 배척당하기 십상인 자. 그자가 내 앞에 다가오기에 역시 아까 지나간 이들과 같은 맥락의 기도를 올리려나 보다 하고 바라보는데, 이 얼음 세상 어디서 그런 걸 따 왔는지 그자 손에 노란 꽃이 들려 있다. 그자는 주위를 한번 둘러보며 다른 일꾼들이 제각기 분주한 모양을 확인하고는 내 앞에 꽃을 내려놓는다.

꽃이 다 무엇인가. 나는 깨어났음에도 깨어나지 못한 바와 다르지 않게 장막 안에 결박되어 향기를 맡을 수 없는데. 그 전까지 제의를 집전한다고 몰려온 이들이 갖은 열매와 죽은 짐승을 내 앞에 늘어놓던 때는 그것을 맛볼 수 없다는 상심이 든 적 없는데 이상한 일이다. 열매도 짐승도 사람들이 떠나간 뒤 다른 흰 짐승들이 다녀가면서 먹어치웠고, 그것들을 보며 나는 아무래도 먹어야 사는 존재는 아님을 짐작했다. 그러면 나는 무슨 존재인가…… 먹어야 사는 존재 이전에, 살아 있기는 한 게 맞는가. 그러나 지금은 그보다는 그자가 내려놓은 꽃의 향기가 궁금하다.

얼음새꽃이라고 합니다.

그자가 입을 연다. 보살펴달라든지 너그러이 여겨달라든지, 내가 줄 수 없는 것을 달라며 법석을 떠는 간구의 말이 아니다.

이리로 올라오는 길목에 지천으로 있습니다. 눈 속에 피는 걸 따 왔습니다.

북, 나팔, 피리 소리를 요란스레 울리지 않고 목청 높여 부르짖지 않으며 다만 나직하게 노래하듯 말하는데 신이하게도 그 말이 내게 닿는다. 나를 둘러싼 장막 때문에 소리가 깨끗하게 들려오지는 않으나 그자의 표정으로 음성의 질감을 알 수 있다. 요동치지 않는 눈썹과, 소리를 내는 데에 꼭 필요한 만큼만 작게 벌어진 입술. 그간 제의 때 숱하게 본, 귀까지 붉어진 얼굴이며 이마와 목에 솟아 꿈틀거리는 핏대나 세상을 물어뜯을 것처럼 크고 다급하게 벌어진 입 들을 생각하면, 통곡이니 고함은 지금 경애 이외 다른 것을 품지 않은 이 고요한 얼굴에 어울리지 않는다. 그자가 조금 망설이는 듯하다 덧붙이는 말 역시 장막을 타고 무거운 진동으로 전해져 온다.

당신을, 닮았습니다.

단순한 말과 온순한 표정에서는 어떠한 요구도 전해지지 않는다. 얌전히 얼음을 내놓지 않으면 부숴버리리. 지켜주지 않으면 구워 먹으리. 지금까지 다녀간 이들의 어조에는 대개 그런 뜻이 드러나고는 했다. 경외를 일삼는 척하나 그 본질은 언제라도 호시탐탐 기회를 엿보는 약취였다. 이 자리에 있는 게 나 아니라 설령 그 어떤 신이었다 한들 그들의 입장은 비슷했을 것이다. 그러나 얼음새꽃의 그자는 사한의 보호 따위는 필요로 하지 않는 것처럼 나를 다만 우러른다. 어쩌면 먼 미래에서부터 시간을 여행하다 이리로 잘못 떨어지고만 지혜로운 자일지도 모른다. 그 이름을 다 알지 못하여 열거하기 어려운 신들에게 자신의 안전과 영화를 위탁하는 일이 도대체가 말도 되지 않는 것이며, 자신이 추구하는 바는 스스로 해결해야 한다는 이치를 깨달은 자의 몸짓과 표정이, 그에게 깃들어 있다. 신은 없거나, 있더라도 자신들에게 무관심하며 그저 있기만 할 뿐임을 아는 태도가 엿보인다. 그러니 기도 대신 꽃을 건네는 것이다. 꽃도 신만큼이나 아무 까닭도 목적도 없이 피어 있는 것이기에.

이윽고 그자는 내 앞에 허리를 한 번 숙이더니 멀어져간다. 천지가 흰 얼음밭에 작고 노란 점이 한 개 찍힌다. 이어서 흩어져 일하는 자들이 무언가를 호명하고 지시하면서 호통을 치는 소리, 얼음을 썰고 깨는 소리가 사위를 울린다.

날이 저물기 전에 그들은 일을 마치고 하산한다. 어둠이 그들의 감각을 희롱하여 목숨을 훔치기 전에 일찌감치 떠나야 하니, 아무리 길어도 일은 반나절 만에 마쳐야 한다. 짧은 시간 안에 빠르게, 그러면서도 되도록 큰 얼음덩어리를 확실하게 채취하는 자가 그날의 수훈자다. 작은 얼음이라 하여 영 쓸데없지는 않으나, 동일한 조건하에서는 작은 조각이 녹기 쉬우니 할 수 있는 한 큰 얼음을 등에 지고 내려가서 필요한 만큼 잘라 쓰는 게 좋다고 한다. 저마다의 등에 지는 보냉 주머니는 한기를 오래도록 보존하는 환경을 조성하기 위해 저들이 궁리 끝에 고안해낸 것으로서 주머니 자체의 무게도 만만치 않다고 하며, 거기에 얼음의 무게까지 더하면 아무리 더 캐고 싶은 욕심이 들더라도 지체 없이 하산함이 옳다.

고요가 깔리자 문득 얼음새꽃을 가져다 둔 자가 얼마나 큰 얼음을 캤는지 궁금하다. 그가 무사히 내려갔는지, 남들보다 큰 얼음을 갖고 가서 마을의 환영과 신뢰를 받았는지, 그리고……

다음번 얼음을 캘 때는 언제인지.

그 생각에 미치자 눈을 뜬 이래 한 번도 느껴본 적 없던 감각─배 속을 잡아 비트는 허기가 솟아난다. 설마 내게 허기를 느낄 만한 배가…… 머리 아래로 몸통이 붙어 있는 건가 싶지만, 움직이지 못하니 확인할 길 없다.

그나저나 내 앞에 두고 가면 이 꽃을 나더러 어쩌라는 말인가. 주워다가 코에 대볼 수 없는 꽃을. 내려놓은 즉시 그 자리에 동결되어 빙화氷花가 되고 마는 그 한 송이를. 내가 다스리지도 충족시켜주지도 못하는 갈앙渴仰을.

다음번에도, 그다음 번에도 그자는 오는 길목에 따 왔다는 얼음새꽃 한 송이를 들고 홀로 내 앞에 선다. 눈 속에 피어난 꽃이라 얼음에 내려놓아도 오래도록 싱그러울 줄 알았건만, 당신에게 보이기가 무섭게 이 자리에 얼어붙고 만다며 그는 안타까워하는 표정을 짓는다. 눈과 얼음에 얼마나 견디느냐의 문제가 아니라 뿌리를 잃은 꽃이란 그런 것. 아기가 태에서 빠져나옴과 동시에 죽음으로의 여로를 시작하듯이 줄기에서 떨어져 나오는 순간이 바로 꽃의 죽음이라는 사실을 모를 성싶지 않은데, 그는 환상을 그 자리에 영원히 비끄러매어두고 싶어 하는 것처럼 필사에 가까운 빈도로 꽃을 따다 바친다. 그게 기도의 한 방식이라면 여러 소원이 뒤따를 테지만 그는 도무지 무언가를 들어달라고 비는 법이 없으며, 청을 올리는 대신 꽃을 바치는 행위가 모종의 비의秘儀 내지 은밀한 특권이나 되는 듯 그것을 지속한다. 그러면서도 그 역시 제한된 시간 안에 얼음을 깨는 일이 바빠 내 앞에서 오래도록 서성이는 일은 없고 말도 길게 하지 않는데 보통 이런 것들이다.

오늘은 꽃향기가 조금 더 진합니다. 여느 때보다 더 많이 피어 있었습니다.

살아 있는 것들이 점점 늘어난다는 뜻 같아서 좋습니다. 어쨌든 우리는 죽음과 불모로부터 시작한 사람들이니까요.

해가 조금씩 길어집니다. 당신 곁에 머물 시간이 좀더 있겠습니다.

그의 입에서 나오는 말이 조금씩 늘기는 하지만, 목소리의 크기는 여전히 침묵을 간신히 면한 정도로 혹시나 동면 중인 작은 짐승들을 깨울까 조심하는 것처럼 들린다.

그런 목소리를 유지한 채, 때로는 그들이 사는 마을의 저간 사정을 보고 비슷이 하기도 한다.

땅속에 묻힌 예전 문명이 일부 발견됐습니다. 종이에 적힌 글인데 심하게 훼손되어, 그 시대의 글자를 일부 안다 하는 사람들도 읽어내기가 어렵습니다. 더 깊이 파 내려갈 장비를 만든다면, 또 다른 물건들을 찾을 수 있을지도 모릅니다.

조만간 마을에 공동으로 쓰는 커다란 창고를 세우게 됐습니다. 우리가 얼음을 갖고 내려갈 적에 쓰는 보냉 주머니와 상자를 더 큰 규모로 확장하여 만든다는 느낌입니다.

식량 보관 기간이 늘어나면 사람들의 생활도 개선되고 마을에 활기가 생길 겁니다.

그리고 때로는 이렇게도 말한다.

어떤 자들은 사박스레 뜬 당신의 눈매가, 혹독한 추위를 관장하는 데 지극히 어울린다고 합니다. 하나 저는 그리 생각지 않습니다.

당신의 눈은 꼭 이쪽을 바라보고 있는 것 같습니다.

당신에게 숨이 붙어 있어서, 우리가 하는 일을 다 보는 것 같습니다.

또한 이렇게도 말한다.

그렇다면 당신이 그 안에서 춥지 않을까 걱정됩니다.

그는 자기 안의 독백과 추론을 내 앞에서 반복하다가 내게 닿기라도 하고 싶은 양, 그러나 나를 둘러싼 장막으로 인해 닿지 않을 것임을 익히 안다는 태도로 손을 들어 올린다. 그가 한 말이 내 얼어붙은 뇌수 복판에서 출렁인다. 춥지 않을까 걱정됩니다…… 언제 어디서 이런 비슷한 말을, 또 들은 적이 있던가? 태어나기 전에, 혹은 깨어나기 전에. 잠들어 있을 적에. 누구의 족적도 닿은 바 없는 꿈속에서.

*추위를 많이 타서 걱정이야……*

알지 못하는 속삭임이 내부의 정적을 건드려, 기화氣化한 기억을 다시 액화한다.

*그 안에서 너무 춥지 않기를……*

서로 다른 음계의 건반을 누르듯 목소리가 음절마다 요동
친다.

그가 바치는 꽃은 부는 바람에 몇 송이가 날아가고 한밤중
내 앞으로 다가와 고개를 기웃거리던 짐승이 앞발로 무심코
흩어버리는가 하면 제의를 올리는 이들이 술잔을 놓는다며
손으로 훔쳐내곤 하지만, 채빙꾼 무리가 일정 주기로 다녀가
기에 곧 다시 새로운 한 송이가 제단에 놓인다. 그들이 다녀
갈 때마다…… 정확하게는 얼음새꽃의 그자가 떠나가고 창
백한 어둠과 적막이 빙세계를 어루만질 때마다, 내부의 낯선
허기가 범람한다.

어느 날부턴가 또 다른 무리가 다가와 제의를 올리기 시작
한다. 노랫가락이나 춤, 자주 쓰는 말이나 행색 같은 걸로 미
루어 얼음새꽃네가 사는 마을과는 다른 집단으로 보인다. 그
들은 나를 현명玄冥이라 부른다. 나를 사한이라 일컫든 현명
이라 칭하든, 어차피 그들의 바람은 비슷하다. 하나 분명한
사실이라면, 세상에서 몇 명의 인간이 녹아 없어지더라도 내
가 누군지 밝혀줄 이는 나타나지 않으리라는 것이다.

그러던 어느 날, 두 마을의 채빙꾼들이 서로 같은 날 올라
와 마주친다. 우리가 먼저 발견한 얼음이라느니, 지금껏 그
만치 잘라 갔으면 양보하라느니, 거친 말들이 오간다. 내가
그들이 바라는 사한도 현명도 아닐지 모른다는 문제는 둘째

치더라도 그들을 중재할 움직임을 취할 수 없으니, 눈앞에서 서로가 서로의 어깨를 떠밀고 톱과 정을 휘두르며 으르는 험악한 광경을 관조할 따름이다. 살아 있는 자들이라면 얼음을 끌어안고 살지는 못하더라도 모두가 얼음을 필요로 하는 모양인데, 더 많이 갖겠다고 싸우는 모양이 기이하다. 여기 말고 다른 데서 얼음을 찾기가 어려운 듯하다. 그런데 어쩌면 얼음이 녹아 예전의 문명을 모두 휩쓸어 갔다는 얘기는, 지금 살아 있는 자들의 추측에 불과하지 않을까? 실제로는 얼음이든 무엇이 됐든 서로 더 차지하려다가 절멸을 불러온 게 아닐까?

험악한 분위기가 한차례 지나가고 본격적인 불안과 공포가 발아하기 직전, 무리 가운데 넉살 좋고 잘 웃는 이가 나서서 사태를 수습한다. 얼음으로 가득한 산 위에서 이리 시간을 끌어보았자 서로 좋을 것 없으니 일단 여기서 해산하고 날을 잡아 양쪽 대표들이 모여서 얼음의 채취 시기와 방식, 분량에 대해 협약을 맺자고 제안한다. 그들은 바닥에 침을 뱉고는 각자 다른 방향으로 하산한다.

이후 얼음새꽃이 들려준 이야기에 따르면, 두 마을의 일꾼들이 마주치지 않도록 날짜를 정하고 한 번에 최대로 올 수 있는 일꾼 수에 제한을 두어 어느 한쪽이 너무 많은 얼음을 차지하는 일이 없도록 했다고 한다. 그러나 나는 이런 상태로 존재하고 깨어나기 전부터 이미, 인간이 그런 약속쯤 얼마나 쉽게 깰 수 있는 존재인지 알고 있다. 두 집단 모두 얼음을 깨기 전 내 앞에 와서 기도를 올리기에 한 번에 몇 명의 채빙꾼들이 오는지 눈에 다 들어온다. 분명 처음 얼마간은 양쪽 인원이 같았는데 슬금슬금 한 명씩, 두 명씩 늘어나기 시작한다. 처음에는 갖고 내려가는 얼음의 양에 큰 차이가 나지 않을지 몰라도, 조금씩 사람을 늘리고 보냉 주머니와 상자의 크기를 키워서 갖고 오니 더 오랜 시간이 지나면 차이가 생길 것이다. 한쪽이 그 짓을 하니 다른 쪽에서는 은밀히 밀정을 보내어 그 마을의 얼음 개수와 창고 규모 그리고 일꾼 수를 파악하게 하며, 약속이 지켜지지 않았음을 알자 자신들도 질세라 일꾼 수를 늘리고 보냉 주머니와 상자를 크게 제작한다. 그 과정에서 예전처럼 일꾼을 엄선할 틈이 없어 얼음을 지고 나르기에는 좀 무리가 있어 보이는 노약자들까지 함께 오는 바람에 일행이 위험에 빠지기도 한다.

사람들의 다툼과 이간에 끼고 싶지 않습니다.

그리 말하며 얼음새꽃은 변함없이 샛노란 얼음새꽃 한 송이를 제단에 바치는데, 이튿날이면 현명을 찾는 자들이 그것을 손바닥으로 난폭하게 쓸어버린다. 그중 일부는 얼어버린 꽃잎 조각을 집어다가 손끝으로 비벼서 날려버리고는 무도한 말을 서슴지 않는다. 여신 따위에게 알랑거리는 꼴 하고는. 그 말을 듣자 나는 정말로 내가 여신이나 된 것처럼 모욕을 느낀다. 이 장막 안에서 내 표정이 바뀔 리 없는데, 일행 가운데 누군가 내 눈치를 흘끔 보더니 천박한 말을 하는 자를 만류한다. 현명께서 노여워하시겠네. 어찌 이 앞에서 그런 말을 하나. 그러자 그자는 도리어 목청을 높인다. 현명이다 뭐야! 우리한테 진짜 필요한 일은 인구를 늘리고 하루라도 속히 힘을 키워서 몇 세대 전에 땅속 어딘가 파묻혔다는 문명을 캐내는 거라고. 있지도 않은 신에게 얼음 쪼가리 빌려 간다고 기도하는 거 말고…… 일행은 그렇게 말하는 자의 옆에 있다가 부정이라도 타겠다며 서둘러 일하러 흩어진다. 만일 그가 일을 마치고 하산하다가 실족하여 목숨을 잃기라도 하면 일행은 현명께서 노하신 증거라며 벌벌 떨 텐데. 나는 오히려 그가 언제까지고 자신만만하게 꼿꼿하게 그리고 건재하게 살아남기를 바라는 마음마저 든다. 그것이 내가 현명도 무엇도 아님을 증명할 테니까. 그가 그리 말한다는 건 어쩌면 다른 이들보다 직관이 발달하고 합리적이어서 그럴 테고, 그자의 똑똑함을 나무랄 일은 아니다…… 그러나 땅속을 깊이 파는 데에는 삽과 쟁기 이상의 도구는 물론 지금 얼음을 캐러 오는 자들보다 더 많은 강건한 인간의 힘이 필요할 것이며, 그자는 어차피 자신이 살아 있는 동안에는 땅속에서 무엇이 나오는지, 혹 나온다면 그것으로 무엇을 도모하고 이룩할 수 있는지 같은 걸 제 눈으로 확인하지 못할 것이다. 인간들의 역사가 한 편의 무대극과 같다면, 편리하고 경이롭기가 이루 말할 데 없다 하던 예전의 문명은, 관객이 하품 끝에 본전 회수를 포기하고 퇴장하기를 마음먹는 마지막 장에서나 구현 가능할 것이다.

　현재의 자연환경과 조건이 그들의 처지 이상으로 번영을

허락지 않는다면, 우선 타인에게서 필요한 것을 빼앗고 보면 되는 일이라는 생각은 누가 처음으로 했을까. 서로 간 약정에 따라 사한을 찾는 이들이 얼음을 캐러 올라온 날—이때는 이미 어느 쪽이라 할 것 없이 채빙하는 인원도 부쩍 늘었고 상자며 주머니 또한 전에 없이 부피가 커져서 사실상 협약은 거의 무너진 상태라고 보아도 좋았다—현명을 찾는 이들이 떼 지어 올라온다. 이것이 급습인 줄 모르고 사한을 찾는 이들이 어안이 벙벙하여, 오늘 우리가 얼음 캐는 날이 맞는데…… 하고 입을 열기가 무섭게 현명을 찾는 이들이 톱과 망치를 휘두르기 시작한다. 난투가 벌어진다. 이쪽이 얼음을 전부 가질 수 없다면, 저쪽의 얼음 캐는 자들을 죽이면 그만이다…… 선명한 악의가 피의 색깔을 하고 허공에 뿌려진다. 내 손짓이나 음성 무엇으로도 저들의 약탈과 광기를 멈출 수 없는데 현명이 다 무엇이며 사한이 무언가. 얼음 같은 건 이 세상에 하나도 남지 말았어야 한다. 실로 내가 사한이라면 그리할 것이다. 추위도 강풍도 거두어 가고, 눈은커녕 진눈깨비도 뱉어내지 않고, 단 한 조각의 얼음도 이 세상에 남겨두지 않을 것이다.

얼음새꽃이 없는 이 세상에는.

제단 앞에 쓰러져 뒹구는 저 모습은, 비록 머리카락과 피가 서로 엉기어 얼굴을 가리긴 했으나 얼음새꽃이 분명하다. 이미 수차례 정과 망치에 맞은 머리를 미끄러운 빙판에 다시한번 찧으니 그의 머리에서 흘러나온 피가 흰 얼음 위로 퍼져 나간다. 나에게 손이 있다면, 마지막일 게 틀림없는, 그가 나를 향해 간절하게 뻗어 올리는 저 손을 마주 잡아줄 텐데. 그 모습 그대로 지상의 논리 바깥으로 떠밀려 나간 그의 뜬 눈을 감겨줄 텐데. 두 번 다시 열리는 일 없도록 사슬로 엮은 덧문처럼 그의 목숨이 닫힌다. 흘러내린 피에 빙판 일부가 녹는다. 이대로 다 녹아서 없어져버려라. 누구도 얼음을 갖지 못하게. 눈가는 뜨거워지지만 그래보았자 내게 꽃 한 송이를 봉헌해온 자를 위해 눈물 흘리지도 못하는 눈이다.

사방에서 절명과 파훼의 비명이 들려온 지 얼마나 오랜 시간이 흘렀을까. 하늘이 제 어둑한 옷자락을 펼칠 때쯤 승부가 났는지, 현명을 찾는 무리가 내 앞으로 다가온다. 피와 살이 튀어 더러워진 얼굴로 헐떡거리다가 숨을 가다듬고는 두 팔을 한번 높이 들더니 빙판에 엎드려 머리를 조아린다. 아름답지 못한 꼴을 보여드리는 죄를 지었습니다. 우리의 앞날을 더 빛내기 위해 피치 못할 일이었습니다. 속히 마을을 번영시켜 현명께도 격에 맞는 거처를 지어드리고자 합니다. 부디 노여워 마시고 마을의 앞날을 비춰주소서…… 나는 현명 따위가 아니다. 그렇다고 사한도 아니며 그 무엇도 아니다. 내게 너희의 운명을 위탁하지 말라. 얼음새꽃을 살려내라. 너희가 내 앞에 무릎 꿇겠다고 발길질로 밀어버린 그 시신에 예를 다하라. 내가 참으로 현명이라면 너희를 이 자리에 모두 얼려버릴 것이다. 너희의 혈관은 피 대신 얼음으로 채워질 것이며 모두가 그 자리에 얼어붙은 끝에 산산이 파편으로 갈라져, 마을에 승전보를 전하러 갈 수 있는 자는 아무도 없을 것이다…… 내 마음속 절규는 아랑곳없이, 그들은 지친 기색 가운데 얼마간의 성취감마저 띠고 서로의 어깨를 두드리며 하산한다. 그 아무렇지도 않은 격려의 몸짓들이 내 절대적인 무능을 일깨우고 확인시킨다. 부디 하산 도중에 일렁이는 나무들의 그림자가 그들을 위협하기를. 어둠이 그들의 발목을 잡아채기를. 얼음 제단에 피를 뿌린 자들이, 자신이 무엇을 했는지를 알게 되기를.

몇 번의 낮과 밤이 바뀌는지 세어보지 않는다. 제단에 한두 송이 남아 있던 얼음새꽃은 얼음 섞인 까만 가루로 흩어져버린 지 오래다. 나는 차라리 처음부터 깨어나지 않았던 것처럼 깊고 깊은 잠을 청한다. 지금 내게 남아 있는 것이 정신이 맞다면, 두 번 다시 정신 따위 들지 말기를. 설령 현명을 찾는 이들이 무사히 마을로 내려갔다가 이 빙세계를 족히 멸할 만큼 채비를 갖추고서 올라온대도, 그들이 얼음을 자르거나 말거나 이 세계가 모두 녹아버리거나 상관없이 이번 잠에서는 깨어나지 않기를.

그러나 눈을 감았을 뿐 잠들지 못한 채로 무수한 악몽만이 내 몸속을 가득 채운 나날 끝에, 또 한바탕 소란이 느껴져 나는 눈을 뜨고 만다.

이번에는 어떤 자들인가. 현명을 찾던 이들과도 사뭇 다른 행색에 얼굴 생김도 제각각인 한 무리의 이들은, 얼음을 취하려 여기 이른 것으로 보이지는 않는다. 그들이 밀고 끌고 온 장비는 무겁고 무섭다. '미래적'이라는 말은 저런 장비를 두고 하는 말임에 틀림없다.

그들 가운데 한 사람이 뛰어나와 내 앞에 몸을 던지며 운다. 이제 새로운 형태의 제의가 시작되나. 그자는 뒤돌아보며 제 일행을 향해 소리치기를, 제가 뭐랬습니까. 이분은 저의 할아버지의 할아버지의……할아버지가 기록으로 남겨준 바로 그분임이 틀림없습니다. 비록 사진은 땅속에서 다른 유물들과 뒤섞여 발견되는 바람에 빛이 바랬지만, 기록과 대조해보아도 연령대, 키와 얼굴까지 일치합니다. 이분이야말로 크리오케미컬 컴퍼니의 유일한 생존자라고 저는 확신합니다.

어떤 이들은 그 말을 받아 적고, 일부는 손 안에서 섬광을 번쩍이며 내 모습을 담아 가려는 듯 보인다. 사진기…… 나는 전생에서부터 그것이 무엇인지 알고 있다. 그것을 깨닫자 급격한 추위가 나를 엄습한다.

나를 현명도 사한도 아닌 생존자라 부르는 학자의 말에 따르면, 나는 이 세상의 얼음이 모두 녹아내려 지구에 존재하는 대부분의 생명이 괴멸된 어느 날, 파손된 액체질소 탱크에서 빠져나온 존재라고 한다. 내 몸속에는 단 한 방울의 피도 흐르지 않으며, 대신 죽음이 세포를 건드리지 못하게 방패 역할을 하는 액체가 흐른다고 한다.

바다를 떠돌던 탱크들은 수백 수천 개에 이르렀다고 하며, 그 안에는 서로 다른 인간이 한 명씩 세내어 자리를 잡았다고 한다. 어떤 탱크는 심해로 가라앉았고 어떤 탱크는 땅에 닿으면서 부서졌는데, 외부 탱크가 손상되고 내부 탱크도 금이 가거나 찌그러지면서 용액 유출 등으로 인해 그 안에 있던 사람들은 모두 사망한 것으로 추정되며, 지금도 세계 곳곳에서 그 파편이 발견되고 있다고 한다. 내가 잠들어 있던 탱크 또한 물살 따라 흐르다 물이 빠져나가기 시작한 장소에 정착하게 되었고, 기온의 급변으로 주위에 얼음이 형성된 다음, 자연 요인으로 서서히 외부 탱크가 손상된 것으로 보인다고 한다. 내부 탱크는 투명하며 그 안은 영하 196도의 액체질소로 채워져 있어서 그 자체가 하나의 얼음덩어리처럼 보인다고, 얼음이 녹은 뒤 새로이 나타나기 시작한 인류는 이 모습을 보고 얼음 속에 온전한 형태의 사람이 들어 있으니 신격으로 모셨을 것으로 추정된다는 학자의 설명이 이어진다.

　이제 남은 과제는 크게 세 가지입니다. 냉동 인간을 담은 탱크가 어떻게 산 정상까지 닿았는지는 땅이 말해주는 흔적들을 읽어내어 차차 알아볼 일이지만, 외부 탱크가 파손되었음에도 어떻게 내부 탱크는 온전히 남아 있게 됐는가를 밝혀내는 것이 첫째입니다. 그 답을 찾아내면 언젠가는 세계 어딘가에 무사히 보존됐을지 모르는 냉동 인간을 발견하는 데에 도움이 될 것입니다. 두번째로, 냉동 인간의 보존 원리와 해동 방법을 간단히 정리한 수기 문서가 일부 출토되기는 했지만, 그 안에는 지금 기준으로는 의미를 파악하기 힘든 용어가 워낙 많은 데다 상당량의 정보가 훼손되었습니다. 또한 이 냉동 인간의 형태를 유지하기 위해 몸속에 채워진 용액을 대체할 대량의 혈액을 구해야 하는데 지금으로서는 혈액형을 알아내기 어렵고, 오래 방치된 장기의 보존 상태가 어떨지도 의문입니다. 예전만 못한 우리 기술력으로 이 탱크를 열면 안에 있는 사람이 사망할 가능성이 높고, 탱크를 닫은 채로 놓아두면 안에 있는 사람이 살아는 있지만 그걸 삶이라고 보기는 어렵지 않은가 하는 딜레마를 안고 갈 수밖에 없습니다. 따라서 여러 복잡한 해결책을 찾을 때까지 이 냉동 인간의 거취를 어떻게 하면 좋은가 그 점도 문제입니다. 기술 문명이 충분히 발전할 때까지 이 산에 홀로 버려둔다는 건 과학적으로나 윤리적으로나 현명하지 않은 처사라는 점에 연구자들 모두가 동의했습니다. 그러나 여기 계신, 생존자의 후손이라고 주장하는 분께는 아직 동의를 얻어내지 못했지요. 이 냉동 인간이 처음 액체질소 탱크 안으로 들어갔을 적에 유전정보라든가 신원을 확인할 수 있는 각종 자료가 있었을 건데, 그게 다 유실되고 이렇게 외부 탱크로부터도 떨어져 나왔으니까요. 법적 절차가 마련되지 않은 상태에서 후손 되신다는 분께 빛바랜 사진이나 개인 기록 같은 불충분한 증거만 보고 바로 넘겨드릴 수도 없고, 혹 신원 자료가 갖춰져 있다고 해도 후손께 바로 인계하기는 어렵습니다. 냉장고 문 열듯이 바로 열고 꺼낼 수 없으니까요. 충분한 설비가 갖추어진 환경에서 전문 인력이 달라붙어 보존 상태에 유의하면서 해동을 시도해도 성공할까 말까입니다. 모셔 가서 마냥 보관만 하고 있을 수도 없고, 일반 가정에서 보관이 제대로 될지도 의문이지요. 이 점은 우리가 돌아가서 논의해보아야 할 사항입니다. 마지막으로, 이 탱크 안의 여성을 무사히 살려냈다고 가정할 때 그녀가 정말 인간이라는 데에 동의할 수 있을지에 대해서도 논의가 필요합니다. 그녀가 원래의 자아를 그대로 간직하고 있을지, 이 안에서 잠들기 전까지 자신이 보유했던 인간관계나 상식이나 여타의 것들이 그대로 복구되어 활성화될지는 아무도 모르는 일이며, 어쩌면 숨 쉬는 것만 해도 성공이라고 부를 만한 사태가 생길 수 있습니다……

북을 치며 울부짖던 때가 차라리 낫지 않았을까 싶을 만큼, 학자와 그 주변 인간들은 내가 거의 이해할 수 없는 말로 소리 높여 떠든다. 무엇이 됐든 간에 저들은 내가 사한도 현명도 아닌 단지 먼 과거의 어느 날 의료적인 문제로 얼려놓은 인간이라고 말한다. 한 자산가가 나를 얼렸고, 그 자손들은 자손들을 계속 낳았고, 얼음이 녹은 시대에 살아남은 일부 자손이 또 자손을 낳아, 몇 대조 위인지도 이제는 세어보기에 버겁지만 전승된 기록에 따라 후손이 나를 찾으러 왔다고 한다.

얼음 산 한가운데서 내 의사와 무관하게 퍼부어지는 여러

인사의 발표를 듣는 동안, 오래도록 나를 괴롭힌 무작위의 상념들 — 내가 나인지 너인지, 나는 어째서 내가 무엇인지도 모르면서 인간들의 성정과 관습과 문명에 대한 인식이 있는지, 그와 함께 아는 것과 모르는 것이 뒤섞여 실상 모든 것을 아는 동시에 아무것도 모르겠다는 느낌으로 이 안에서 시간을 견뎌온 건지 — 이 들끓는 바람에, 나는 혈액을 공급받지 못한 채로도 이 액체질소라는 것 안에서 터져 나갈 듯하다.

*당신이 그 안에서 너무 춥지 않기를……*

*언젠가, 이 세계가 그때까지도 무사하다면, 당신 아이들의 아이들의 아이들과 만날 행운을 누리기를……*

나는 이제 그것이 어떤 기억이며 누구의 목소리인지 어렴풋하게나마 알 것 같다.

학자는 크게 세 가지의 문제가 있다고 말하나 아직 그가 알지 못하는, 이 투명한 장막 바깥에서 와자하게 떠드는 누구도 미처 눈치채지 못한 가장 큰 문제가 남아 있다. 내 몸속에 흐르는 것이 피가 아닌 부동액의 일종이라면 — 살아 있는 사람들의 기준으로 내가 아직 깨어나기 전의 상태라고 한다면, 나는 혈액도 세포분열도 없이 모든 시냅스가 이어지지 않은 채로 어떻게 저들의 형상과 행위를 응시하며 저들의 말을 듣고 해석할 수 있는지, 내 머릿속에 둥지를 튼 이 부단한 사고는 어떻게 가능한 일인지, 이것이 혼이 아니라면 인간은 무엇을 두고 혼이라 하는지.

그러니 가까이 다가와 나를 자세히 들여다보라. 내가 얼어붙은 사물이 아니며 나의 감각 작용에 따라 눈을 뜨고 당신들을 바라보고 있음을 알아차리라. 그리고 사한도 현명도 아닌 이것을 망설임 없이 폐기하기를. 혹여 당신들의 후속 연구에 도움이 되리라는 기대감만으로 나를 이 진절머리 나는 세상에 붙들어놓지 말기를. 공허한 단어와 무용한 진실들로부터 나를 해방시켜주기를.

나도 알지 못하고 내가 바란 적 없는 새로운 자격을 내게 부여하고 존재 의미를 재편성한 일행 가운데 한 사람이, 문득 조심스레 입을 연다. 이분의 오랜 잠을 깨웠으니 — 이는 문자 그대로 내가 깨어났음을 알았다는 의미가 아니라 비유적인 표현이다 — 우리 소란을 자중하고 기도라도 올리는 게 어때요? 떨떠름한 표정을 띠는 이가 없지 않으나 일행은 대체로 흔쾌히 고개를 끄덕인다. 지금의 기도는 그들에게 있어서 기복이나 신앙의 의미가 아니라 묵념의 일종, 정지된 생명에 대한 예의 같은 것이다. 그들은 행복도 믿음도 필요치 않은 세상을 살아가는 사람들이다. 이 세상에 한 조각의 믿음도 더는 존재하지 않는다는 사실만을 유일한 믿음으로 간직한 세대다.

그때 기도를 제안한 이가 문득 생각났다는 듯이 품에서 작은 새장 모양의 유리관 같은 것을 하나 꺼내 제단에 올려놓는다.

아무래도 이 얼음 천지에 어울리기로는 이 꽃만 한 게 없더군요.

뿌리를 잃은 꽃을 가능한 한 오래 보존하는 프리저브드 플라워라고 한다.

　샛노란 얼음새꽃이 유리관 내부를 등불처럼 밝힌다.

　부를 수 없는 노래를 부르고

　흘릴 수 없는 눈물을 흘리고

　숨길 수 없는 마음을 안고서

　수만 수십만의 낮과 밤을 지나는 동안,

　이제는 언제 잃었는지도 알지 못하는 얼음새꽃이 다시 내게로 온 것이다.

# 얼음을 씹다

남유하

딸이 죽었다. 고작 다섯 해를 산 아이의 몸은 작고 여리다.

"그만 묻으러 가자."

어머니가 말했다. 작년 이맘때 아들을 잃고 하나뿐인 손녀마저 잃은 사람. 나는 그 얼굴에 혼재된 감정과 욕구를 본다. 절망이 깃든 눈과 침으로 번들거리는 입술을. 벌어진 입에서 새어 나온 긴 숨이 고스란히 빨려 들어간다. 겁이 난다. 주름진 입술 사이로 죽은 아이의 살점마저 빨려 들어갈까 봐. 죽은 남편을 먹던 어머니의 모습을 나는 한순간도 잊은 적이 없다.

나는 아이의 차가운 몸을 꽉 끌어안았다.

지난해 7월은 내가 경험한 어느 해보다 추웠다. 120여 년 전, 빙하기가 시작된 이래 몇 손가락 안에 드는 혹한이라 했다. 남반구와 유럽에서 인명 피해가 잇따랐다. 적도 부근은 강풍까지 몰아쳐 대규모 참사가 일어났다. 북반구도 예외는 아니었다. 연일 계속되는 폭설로 지붕이 무너졌다. 자고 나면 집을 잃은 사람들이 생겼다. 그들은 임시로 만든 대피처에 머물렀다. 노인들은 죽고, 젊은이들은 동상에 걸렸다. 동상으로 손가락과 발가락은 물론 코와 귀를 잃는 사람도 있었다. 빙하기의 인류는 손가락이 세 개인 종족으로 진화했다는 자조 섞인 농담도 나왔다. 우리가 할 수 있는 일은 자기 전 지붕이 버텨주길 기도하는 것뿐이었다. 실내 온도도 영상으로 올라간 적이 없었다. 우리 가족은 얼음이 얼지 않을 정도로만 연료를 넣으며 버텼다. 어깨를 펼 수 있을 만큼의 훈훈함은 잊은 지 오래였다. 허기도 추위 못지않게 우리를 괴롭혔다. 배급량은 줄지 않았으나 음식의 질이 떨어졌다. 엄마, 수프 먹어도 금방 배고파. 화장실만 가고 싶어. 딸아이는 눈물 맺힌 눈으로 말했다. 그 애의 창백한 볼을 쓰다듬는 것 말고 내가 할 수 있는 일은 없었다.

남편의 기침은 8월 초에 시작되었다. 남편은 원래 몸이 약한 편이었다. 처음에는 헛웃음 소리 같았던 잔기침이 어느 틈엔가 배고픈 늑대의 울음소리처럼 바뀌어갔다. 그의 얼굴에 드리운 검은 그림자를 보며 나는 남편의 죽음을 예감했다. 그리고 그 예감은 곧 현실이 되었다. 가족이 모여 죽을 먹던 저녁 식탁에서 남편은 핏덩어리를 토하며 쓰러졌다. 아이의 눈을 가린 채 방으로 들어간 어머니가 다시 거실로 나왔을 때, 그는 이미 이 세상 사람이 아니었다.

남편의 시체는 죽은 자의 언덕에 묻었다. 시체를 묻는다, 는 말은 관용적인 표현일 뿐이다. 죽은 자의 언덕은 구덩이를 파고, 관을 넣고, 흙을 덮고, 묘비를 세우는 옛날식 묘지가 아니다. 시체는 땅속에 매장되지 않는다. 내장을 빼내고 그물처럼 성기게 짠 관에 넣어 덕장에 매달아놓는다. 일정한 간격으로 세워진 나무 기둥과 줄줄이 매달린 내장 없는 시체들. 안치된 시신은 밤사이 꽁꽁 얼었다가 낮에는 햇볕을 받아 살짝 녹는다. 언덕 위의 바람을 맞으며 얼었다 녹는 과정이 반복되면 시체는 물기가 말라 반건조 상태가 된다. 21일이 지나면 시체를 집으로 가져와 남은 가족들이 먹는다. 가족이 직접 칼을 대지는 않는다. 장의사가 발골 작업을 한 뒤 부위별로 정성스레 포장해준다. 시신이 훼손된 경우에도 장의사가 임의로 버리지는 않는다.

남편을 죽은 자의 언덕에 두고 온 날, 어머니와 나는 양동이에 내장을 받아 왔다. 부엌에 들어서자마자 양동이 뚜껑을 연 어머니는 남편의 기관지를 뚝 떼어냈다.

"어서 먹어야지. 내장은 빨리 상한다. 상해서 버리는 건 죽은 이에 대한 예의가 아니야."

집까지 오는 동안 표면이 얼어붙은 기관지를 오독오독 씹으며, 어머니는 허파를 한 줌 뜯었다. 그리고 반을 갈라 내게 내밀었다. 새카맣게 쪼그라든 남편의 폐에는 적갈색 피 얼음이 알알이 맺혀 있었다. 나는 그것을 받아 어머니 몰래 양동이에 넣었다. 어머니는 내장을 삶으며 입맛을 다셨다. 어머니에게 남편은 영혼과 분리된 살덩어리, 단백질 보충원에 지나지 않았다. 비난해서는 안 된다. 당연한 일이니까. 죽은 자를 먹는 것은 인류가 살아남기 위해 정한 규칙이다. 다만 나는, 그것을 따르고 싶지 않다.


"어서 묻으러 가야지."

어머니가 재촉했다.

"내일 가요. 하루만 더 시간을 주세요."

나는 간청하듯 말했다.

"알았다."

어머니는 한숨을 쉬며 방으로 들어갔다. 딸을 품에 안은 팔이 제멋대로 떨렸다. 내 아이를 죽은 자의 언덕에 데려갈 수는 없다. 추위로 인해 죽은 아이를 바람 부는 언덕에 매달 아두지 않겠다. 아이의 살점과 내장이 다른 이의 입속으로 들어가게 하지 않을 것이다. 사랑하는 사람의 몸이 ── 그것이 영혼을 잃은 물질이라 하더라도 ── 파괴되는 모습을 보는 일은 남편 때로 족하다.

나는 어머니가 잠들기를 기다렸다. 중간에 깨지 않도록 실내 온도를 평소보다 올려놓고 옷을 챙겨 입었다. 장갑, 귀를 가리는 털모자, 두꺼운 양말, 부츠. 완전하지는 않아도 추위에서 나를 보호해줄 물건들로 무장한 뒤 죽은 아이를 업었다. 곡괭이도 잊지 않고 챙겨 들었다. '배반의 호수'에 가려면 그게 꼭 필요했다.

추위는 언제나 깊게 파고든다. 문을 열고 나서는 순간 영하 50도의 추위는 피부를 마비시키고 근육 사이로, 뼛속으로 스며든다. 아니, 스며든다는 말은 어울리지 않는다. 추위는 흉포한 짐승처럼 달려들어 온몸을 물어뜯는다. 아이의 몸이 등 위에서 점점 굳어간다. 단단하고 뼛뻣해져 나를 짓누른다. 나는 그저 한 발 한 발 앞으로 나아간다.

도시의 경계에 있는 배반의 호수는 자살자들의 성지다. 죽은 뒤 다른 이들에게 먹히지 않으려는 사람들이 몸을 던지는 곳이어서 배반의 호수라는 이름이 붙었다. 그들은 가문의 계보에 이름을 올리지 못한다. 죽은 이를 먹는 법에 반하는 행위는 살인에 버금가는 중죄로 취급된다. 그렇지만 가문에서 '없는 사람'이 되는 것도, 호수를 둘러싼 철조망도 그들의 의지를 꺾지는 못한다. 누군가는 이런 유서를 남겼다. "인간은 다른 이의 살을 영양분으로 섭취하며 생존해야 할 만큼 고귀한 존재가 아니다."

추위가 이어지기 전에는 이 호수에도 물고기가 살았다고, 물고기를 잡아 모닥불에 구워 먹었다고, 할아버지가 말해주었다. 할아버지도 직접 본 적은 없고 할아버지의 아버지에게 들은 이야기라고 했다. 할아버지는 내가 일곱 살 때 돌아가셨고 나는 가족들과 함께 할아버지의 고기를 먹었다. 질기고 퍽퍽한 고기였다.

호수 가장자리는 내 키보다 깊은 곳까지 얼어붙어 있었다. 철조망은 낡았고, 감시하는 사람도 없었다. 발이 미끄러지지 않도록 조심하며 호수 가운데로 나아갔다. 나아갈수록 얼음이 얇아지더니 발밑에서 파열음이 들렸다. 얼음에 금이 가는 소리였다. 딸과 남편을 잃은 지금, 굳이 살아야 할 이유가 없는데도 발가락에 힘이 쥐어지고 허리가 구부러졌다. 눈물이 나오지 않도록 이를 악물었다. 이 정도의 추위에는 자칫하면 눈물이 얼어 눈 주위의 피부가 떨어져 나가는 일도 드물지 않았다.

호수 한가운데 이르러 업은 아이를 내려놓았다. 가장 얇아 보이는 얼음 위에서 곡괭이를 휘둘렀다. 발밑이 갈라지며 부츠에 물이 스몄다. 솜을 덧댄 부츠가 얼어붙었고 발가락에 감각이 사라졌다. 이대로라면 곧 동상에 걸릴 것이다. 상관없다. 화풀이하듯 발을 세게 굴렀다. 몇 번의 발길질에 사람이 빠질 만한 구멍이 생겼다. 곡괭이로 내리칠 필요도 없었다.

나는 잠든 듯 누워 있는 아이 곁에 무릎을 꿇었다. 나 혼자 오롯이 아이의 죽음을 추모하고 싶었다. 눈을 감고 기도하려는 찰나, 구멍 아래로 어두운 그림자가 지나갔다. 빛바랜 듯한 금발, 레일라였다. 레일라가 실종된 건 일주일 전이었다. 자신의 죽음을 직감하고 호수에 몸을 던진 것이다. 내 발치로 흘러가던 레일라의 몸이 어딘가에 걸린 듯 멈췄다. 청회색 눈동자가 얇은 얼음 아래서 나를 바라보고 있었다. 나는 곡괭이를 뒤집어 얼음 구멍 속에 넣었다. 그리고 막대 끝으로 레일라의 어깨를 밀었다. 레일라가 시체 사냥꾼에게 발견되게 둘 순 없다.

시체 사냥꾼?

그 단어를 떠올린 순간 절망이 온몸을 덮쳤다. 젠장, 어떻게 시체 사냥꾼의 존재를 잊고 있었을까. 배반의 호수에는 시체 사냥꾼이 찾아온다. 그들은 시체를 건져 올려 돈 많은 자들에게 밀매한다. 아이를 이곳에 데려오다니, 시체 사냥꾼에게 바치는 일이나 다름없다. 그건 어머니가 아이를 먹는 것보다 더 잔인하다. 이제 어쩌지? 아이를 배반의 호수에 두고 갈 수는 없다. 얼음물에 젖은 발끝은 감각을 잃었고, 장갑도 제 역할을 하지 못하고 있다. 추위는 손발 끝뿐만 아니라 뇌까지 파고들어 사고를 정지시킨다. 그래도 생각해내야 한다. 아이를 안전하게 묻을 수 있는 곳. 어머니에게, 시체 사냥꾼에게, 세상 누구에게도 들키지 않을 곳을.

어쩌면, 틸다의 온실이라면……

그곳은 도시에서 유일하게 커피를 재배하는 곳이다. 돔처럼 생긴 온실을 오다가다 밖에서만 봤을 뿐, 한 번도 들어가본 적은 없다. 온실 안은 땀이 날 정도로 따뜻하다는데. 거기라면 내 딸의 육신이 훼손 없이 흙으로 돌아갈 수 있을 텐데. 아니, 그럴 수 없다. 틸다는 외지인이다. 이곳 사람들에게 호의적이지 않다. 나로서는 틸다의 온실에 들어갈 방법이 없다. 그곳의 정원사로 일하던 레일라가 살아 있다면 몰라도.

일어서, 유리아. 이곳을 떠나. 머릿속의 외침과 달리, 나는 얼음 위에 무릎을 꿇은 채 좀처럼 일어나지 못했다. 속눈썹에 맺힌 얼음 알갱이가 눈꺼풀을 뻑뻑하게 만들었다. 눈앞이 부옇게 흐려졌다. 정신도 흐려지고 있다. 잠들면 안 돼. 아이를 지켜야 해.

멀리서 검은 그림자가 다가오고 있다. 저것은 내 영혼을 거두러 온 사신일까? 그렇지 않다. 시체 사냥꾼일 것이다. 부질없는 일이란 걸 알면서도 곡괭이를 쥔 손에 힘을 주었다. 그림자가 점점 가까워졌다. 거구의 남자는 발라클라바를 쓰고 있어 눈밖에 보이지 않았다. 어디선가 본 듯한 황금색 눈동자.

"유리아?"

검은 그림자가 내 이름을 불렀다. 귀에 익은 목소리.

"유리아, 나야."

그가 발라클라바를 벗었다. 그림자의 정체는 알렉이었다. 그가 나를 향해 손을 내밀었고, 그 순간 무릎 아래 얼음이 사선으로 갈라졌다. 나는 딸을 끌어안은 채 호수에 빠졌다. 얼음보다 차가운 물이 온몸을 휘감았다.

＊

바싹 마른 입술 사이로 신음이 새어 나왔다. 간신히 눈꺼풀을 들어 올렸다. 어깨가 움츠러들지 않는 훈훈한 공기. 우리 집이 아니다.

"정신이 들어?"

나를 책망하는 듯 무뚝뚝한 목소리가 들렸다. 이곳은 알렉의 집이다. 집 안에 배어 있는 은은한 커피 향기는 한때 익숙했던 냄새였다. 나는 손을 들어 손가락을 움직였다. 헐렁한 잿빛 스웨터 소매 사이로 앙상한 팔목이 드러났다. 머리가 빠개질 듯한 두통과 함께, 내 팔에 안겨 있던 소중한 존재가 떠올랐다.

"아이는?"

"아이는 잘 있어. 이미 죽었…… 그렇게 됐으니 잘 있다는 말은 어울리지 않지만."

"아이를 봐야겠어."

"좀 이따가. 너 지금 일어설 수도 없어."

나는 알렉의 말을 무시하고 몸을 일으켰다. 하지만 상체를 다 세우기도 전에 뒤통수에 무거운 추가 달린 듯 머리가 침대 위로 뚝 떨어졌다. 알렉이 다가와 나를 바로 눕히고 베개를 정돈해주었다. 유리아. 그가 나를 불렀다.

"아이를 데리고 어쩔 셈이었어?"

"난, 도저히……"

"아이를 먹을 수 없다는 거지?"

나는 고개를 끄덕였다. 목구멍 안쪽에서부터 열감이 느껴졌다. 편도가 부어 침을 삼키기 어려웠다. 현기증이 났다. 알렉이 말했다.

"내 집에 묻어."

알렉의 정원이라면 파헤칠 사람은 없을 것이다. 문제는 알렉이다. 그를 믿어도 될까?

"걱정하지 마. 난 네 아이를 먹지 않아."

오래전, 내게 사랑을 속삭였을 때처럼 다정한 목소리였다. 알렉과 내가 연인이었을 때, 그와 함께 틸다의 온실에서 재배된 커피를 마시며 나 스스로 선택받은 자라고 생각하기도 했다. 이 도시에서 따뜻한 거실에 앉아 커피를 즐길 수 있는 사람은 극히 일부였다. 알렉처럼 부를 누리는 소수의 사람은, 그들의 조상이 자연 광물이 묻힌 땅을 소유했다는 이유로 부자가 되었다. 노력 없이 이룬 부라니, 불공평했다. 자원은 모두 공평하게 나눠야 마땅하다. 그러나 누구도 문제를 제기하지 않았다. 추위가 사람들의 사고 능력까지 얼려버린 것일까. 사람들은 묵묵히 하루하루를 견뎠다.

"뇌가 동상에 걸린 거지."

레일라는 멍청한 인간들이라며 비꼬곤 했다. 알렉과 헤어졌다고 했을 때는 나더러 미친년이라고 했다.

"도대체 왜 헤어지자고 한 거야?"

"그와 함께 있는 게 즐겁지 않으니까."

"즐거움? 네가 말하는 즐거움은 뭐야? 따뜻한 곳에서 살수 있다는 게 즐거움이고 행복이잖아?"

"아니. 따뜻함이 줄 수 없는 행복도 있어."

"배부른 소리야. 알렉은 날 좋아했어야 해."

날 좋아했어야 한다고. 지금도 공기가 반쯤 섞인, 레일라의 힘없는 목소리가 들리는 것 같다. 레일라가 시체 사냥꾼에 대해 알았다면, 그들이 가져온 시체를 봤다면, 창고에 매달린 팔과 다리, 선반에 놓인 삶은 머리들을, 누군가의 눈알로 불룩해지던 그의 볼을 봤다면, 그래도 따뜻함이 전부라고 말할 수 있었을까. 알렉은 탐식가다. 인육을 좋아하고, 품평한다. 즐겁지 않았다는 건 허세였는지도 모르겠다. 나는 단지 맛을 위해 인육을 갈구하는 그를 견딜 수가 없었다. 왜 어떤 이는 규범에 순응하고, 어떤 이는 규범에 저항하며, 어떤 이는 규범 위에 군림할까.

레일라는 자기 방식으로 행복을 찾았다. 따뜻한 곳에서 살기 위해 틸다의 정원사가 된 것이다. 변덕스러운 틸다의 비위를 맞추는 일도, 정원을 돌보는 일도 고되지만 온실 구석 의자에 앉아 혀가 델 만큼 뜨거운 커피를 마시는 일이 너무나도 즐겁다고 했다.

"이 별 덕분이야. 행운의 별이거든."

레일라는 손목에 새긴 문신을 보여주며 웃었다. 병을 얻기 전까지, 레일라는 행복했다.

"뭐 좀 먹어야지."

알렉이 말했다. 나는 고개를 저었다. 입맛이 없어도 먹어야 해. 알렉이 중얼거리며 주방으로 갔다. 그가 여전히 나를 좋아한다는 것을 안다. 우리가 헤어진 지 7년이 지났지만 그는 아직 결혼하지 않았다. 그래도 외롭지는 않을 것이다. 그의 집에서 커피를 마시고 따뜻한 하룻밤을 보내고 싶어 하는 여자는 이 도시에 널려 있다. 나도 유난히 추운 날이면, 침대에서 몸을 웅크린 채 남편의 체온으로도 데워지지 않는 차가운 손을 입가에 가져다 대고 입김을 불 때면, 알렉과 결혼했다면 어땠을까, 지금쯤 포근한 침대에 슬립 차림으로 누워 있지 않을까, 상상하곤 했다. 어떤 면에서는 레일라의 말이 맞다. 추위는 행복을 앗아 갔다. 나는 남편을 사랑했고 알렉에게서 느낄 수 없는 안정감을 느꼈지만, 그 감정이 추위를 몰아내지는 못했다. 알렉이 아직도 너를 못 잊었다던데? 주변에서 그런 말을 할 때면 돌이키고 싶을 때도 있었다. 그의

식성을 참을 수는 없었을까. 그런 미련은 결혼 이듬해 아이가 태어나자마자 사라졌다. 딸은 내 삶에 온기를 주었다. 그 애가 죽은 건 내 탓일까? 내가 그 애의 온기를 다 흡수해버려서?

알렉이 수프를 가져다주었다. 이전과 변함없는 부드러운 미소를 띤 채. 나는 그의 아름다운 얼굴 가죽 아래 한 겹의 얼음이 깔려 있는 상상을 하곤 했다. 기다란 갈비뼈를 움켜쥐고 탐욕스럽게 뜯으며 시답잖은 농담을 할 때, 그가 맛을 음미하기 위해 먹는 그것이 우리처럼 숨 쉬고 이야기하고 울고 웃던 누군가의 일부라는 데에 생각이 미칠 때, 내 뱃속에는 혐오가 차올랐다.

"어서 먹어. 네가 원치 않는 일을 하진 않아."

알렉이 수프 그릇을 내밀며 말했다. 나는 그를 올려다봤다.

"인육이 들어 있지 않다고."

나는 숟가락을 들고 수프를 휘저었다. 독특한 향신료가 코를 자극했다. 그의 말대로 고기는 들어 있지 않았다. 하긴 그가 먹기에도 모자란 것을 내게 줄 이유는 없다. 수프를 떠 입에 넣었다. 뜨거운 국물이 식도를 타고 내려가자 위장이 요동쳤다. 그제야 아이가 죽은 뒤 줄곧 먹지 않았다는 걸 깨달았다. 나는 수프를 부지런히 떠 넣었다. 눈물이 수프 그릇에 뚝뚝 떨어져도 숟가락질을 멈출 수 없었다.


얕은 잠에 빠졌다가 악몽을 꾸고 깨어나기를 반복했다. 겨우 몸을 가눌 수 있게 되었을 때, 알렉에게 아이를 보겠다고 말했다. 그는 못 말리겠다는 듯 혀를 차고는, 나를 부축해 뒤뜰로 데려갔다. 뜰 한구석에 관이 들어갈 만한 크기의 구덩이가 있었고, 그 옆에 나무로 된 상자가 있었다. 아이는 작은 상자 속에 몸을 웅크린 채 누워 있었다. 버려진 새끼 고양이처럼 연약하고 무방비한 상태로.

"미안. 와인을 담았던 상자야."

알렉이 말했다.

"괜찮아."

괜찮지 않다고 말할 수 없을 때 사람들은 괜찮다고 말한다. 나도 그랬다. 알렉이 나를 끌어안았다. 나는 싫어하는 티가 나지 않도록 가만히 그의 품에서 빠져나왔다.

"죽은 자의 언덕에 데려가기 싫다면 여기 두어도 돼."

"그래. 부탁할게."

언제까지나 이곳에 두고 싶지는 않다. 하지만 당분간은 어쩔 수 없다.

"원한다면 내 집에서 지내도 되고."

어쩌면 그는 나를 만난 순간부터 이 말을 하고 싶었을 것이다.

"아니. 집에 가야지."

"아이가 사라진 걸 알면 네 시어머니가 가만 있지 않을 텐데."

"설득할 수 있을 거야. 설득하지 못해도 설명은 드려야지."

"설득? 네가 법과 제도를 거스르는 걸 시어머니가 용인할
까?"

"모르겠어. 그래도, 아이 할머니잖아."

"알았어. 언제든 와. 당분간 파티는 하지 않을게."

알렉이 선심 쓰듯 말했다. 여자를 데려오지 않겠다는 뜻이
다. 아이를 잃은 내 앞에서 그깟 '파티'를 열지 않겠다고 생
색을 내다니, 예전에도 나는 그의 시혜 의식이 싫었다.

아이를 뒤뜰에 둔 채 집 안에 들어와 몸을 씻었다. 그의 욕
실은 우리 집 거실보다 넓다. 그렇게 넓은데도 한기는 전혀
느껴지지 않았다. 알렉의 집에서 따뜻하지 않은 곳은 식품
저장고밖에 없다. 창고를 떠올리자 구역질이 났다. 변기로
달려가 수프를 전부 토해냈다. 간신히 속을 진정시키고, 욕
조에 뜨거운 물을 받아 몸을 담갔다. 다리에서부터 팔뚝까지
소름이 돋았고, 코끝이 찡해지더니 눈물이 나왔다. 미지근한
물로 목욕하며 입술이 파래지던, 어깨를 덜덜 떨던 아이. 이
렇게 따뜻한 물로 씻길 수만 있었다면……

몸을 씻고 나와 김 서린 거울을 바라봤다. 눈 밑 다크서클
은 멍처럼 짙게 내려왔고, 얼굴뼈의 윤곽은 그대로 드러났
다. 아직 옷이 마르지 않아 알렉의 스웨터와 코트를 빌려 입
었다. 바지, 장갑, 모자, 부츠까지 모두 그의 것이었다. 젖은
신을 신고 밖에 나갔다간 발가락을 전부 잃을 테니까.


집에 가까워졌을 때였다. 알렉이 스노모빌의 속도를 줄이

며 말했다.

"집 앞까지 데려다줄게."

"아니. 여기서 내릴게."

나는 집에서 몇 블록 떨어진 사거리에서 내렸다. 좁은 도시는 소문이 빠르다. 아이가 죽자마자 옛 애인에게 돌아갔다더라 하는 식의 이야기는 듣고 싶지 않았다.

칼바람을 뚫고 집으로 향하며 어머니에게 어떻게 말을 꺼낼지 생각했다. 무슨 말을 하든 어머니는 화를 낼 것이다. 어머니에게 중요한 건 아이가, 귀한 식량이 사라졌다는 것일 테니까. 그렇다면 변명할 필요도 돌려 말할 이유도 없다. 현관문을 열고 거실에 들어서자 소파에 웅크리고 있던 어머니가 벌떡 일어났다.

"어떻게 된 거야? 아이는?"

"보내줬어요."

"보내줬다니? 그게 무슨 말이야?"

"어머니. 전 도저히, 아이를 먹을 수 없어요."

이제야 상황을 정확히 파악한 듯 어머니의 표정이 굳어졌다.

"그래, 넌 요한도 먹지 않았지."

"오해하지 마세요. 어머니를 비난하려는 건 아니에요. 다만 저는 그럴 수 없는 사람이라…… 죄송해요."

"유리아, 불쌍한 것……"

어머니의 눈에 눈물이 고였다. 흐린 회색빛 눈동자에 나를 책망하려는 기색은 없었다.

"알지. 그렇게 생각할 수 있어."

"어머니……"

어머니는 나만큼이나 손녀를 사랑했다. 그래서 내 행동을, 자신의 상식에는 어긋나더라도 이해하려 노력하는 것이다. 나는 어머니의 마른 손을 잡으려 손을 뻗었다. 어머니는 얼른 손을 움츠리고는 나를 응시했다.

"그렇다고 해도."

"네?"

"그 연한 엉덩이 살점이라도 남겨주지 그랬니. 요즘 치아도 부실한데."

내장 안쪽에서 몽글거리던 기대가 사그라들고 익숙한 혐오가 그 자리를 채웠다.

"산 사람은 살아야지, 안 그래?"

또 저 말이 나왔다. 나는 저 말을 들을 때마다 귀를 막고 싶다. 이 도시의 사람들은 입버릇처럼 산 사람은 살아야 한다고 말한다. 인육을 질겅질겅 씹어 삼킨 입으로 자기 정당화를 하기 위함인가.

"죄송합니다."

전혀 미안하지 않았지만 뱉어내듯 사과했다.

"아직 늦지 않았다."

어머니가 말했다.

"네가 생각을 바꾸면, 아이의 죽음은 헛되지 않게 된다."

"어머니의 배 속에 들어가지 않는다고 해서 헛된 죽음은 아니죠."

내 말에 어머니의 표정이 험악해졌다.

"네가 한 말이 무슨 뜻인 줄 알아? 넌 지금 나뿐만 아니라 네 부모와 조상까지 욕되게 한 거야."

"상관없어요. 어쨌든 내 아이는 안 돼요."

"유리아, 난 널 신고하고 싶지 않아."

"신고라뇨? 어머니……"

어머니가 내 옷을 뚫어지게 쳐다봤다. 나는 알렉의 옷을 입고 있다.

"네가 아이를 어디 숨겼는지 알 만하구나."

제아무리 알렉의 집이라 해도 시체를 유기했다는 신고가 들어가면 수색에 나설 것이다. 알렉이 시체 사냥꾼들과 거래하고 있다는 건 경찰도 알고 있지만 뇌물로 입막음해놓은 상태였다. 하지만 뒤뜰에서 아이의 시체가 나오면 아무리 타락한 경찰이라도 더는 편의를 봐줄 수 없을 것이다. 알렉은 내 아이를 위해 위험을 감수할 사람이 아니다.

"어머니, 제발요."

어머니가 한숨을 내쉬었다.

"오래 기다릴 순 없다."

"네?"

"자정까지 아이를 데려와. 나랑 같이 죽은 자의 언덕에 가자."

어머니는 통보하듯 말했다. 감정이 실리지 않은 목소리였

다. 나는 도로 집을 나왔다. 알렉에게 가야 했다. 알렉과 이야
기해보고 안 된다면 틸다의 온실에 찾아가자. 레일라가 죽었
으니 대신 일할 사람이 필요할지도 모른다.

사거리를 벗어날 때쯤 눈발이 날리기 시작했다. 부츠가 큰
탓에 발이 자꾸 미끄러져 앞으로 나아가는 일조차 힘들었다.
마음 같아선 다 벗어 던지고 맨발로 달리고 싶었지만, 그랬
다간 알렉의 집에 가기도 전에 발목이 절단될 것이다.


다급하게 문을 두드리자 알렉이 가운을 걸치며 나왔다. 몹
시 당황한 얼굴이었다.

"이렇게 빨리 올 줄 몰랐어."

"안에 누구 있어?"

"아니…… 들어와."

그를 따라 거실로 들어갔다. 집 안에서 평소와 다른 냄새
가 났다. 냄새는 주방으로 갈수록 진해졌다. 나는 그 냄새를
알고 있다. 인육이 조리되는 냄새였다. 불길한 예감이 나를
덮쳤다.

"미안. 좋은 고기가 들어와서."

알렉이 난처한 얼굴로 말하고 오븐으로 갔다. 순간, 호수
에서 그를 만났을 때의 장면이 머리를 스쳤다. 그의 스노모
빌에 실려 있던 작살도. 그는 우연히 나를 구한 게 아니다.
시체 사냥꾼들이 조달해주는 고기로도 부족해 직접 사냥을
나선 것이다. 나는, 도살자에게 내 아이를 갖다 바쳤다. 온몸

의 피가 머리로 쏠렸고, 심장이 세차게 뛰었다. 그가 단지처럼 생긴 은색 냄비를 테이블 위에 내려놓았다.

"네가, 네가 감히 내 아이를……"

테이블 위의 물건들을 잡히는 대로 그에게 던졌다. 포크와 나이프, 촛대…… 그것들은 끝내 흉기가 되지 못하고 바닥에 떨어졌다. 생채기 하나 입지 않은 알렉이 내게 외쳤다.

"네 아이가 아니야. 네 아이가 아니라고!"

"인육 수프잖아! 몇 시간 사이 시체를 얻었다고?"

"네가 가고 사냥꾼이 왔어."

"거짓말!"

이제 테이블 위에는 던질 게 없었다. 성큼 다가온 그가 나를 제압하듯 뒤에서 끌어안았다.

"이거 놔! 놓으란 말이야!"

나는 소리 지르며 발버둥 쳤다.

"제발, 제발 진정해. 아이를 보러 가자. 응?"

알렉이 아이를 묻은 정원으로 나를 데려갔다. 얕게 덮은 흙을 걷어내자 와인 상자가 나왔다. 그가 상자 뚜껑을 열었다. 아이는 여전히 태아 자세로 누워 있었다. 아. 나는 손으로 입을 막으며 신음을 삼켰다.

"날 겨우 그런 인간으로 보다니, 섭섭한걸."

알렉이 연극배우처럼 과장된 말투로 말했다.

"미안해. 제정신이 아니었어."

"괜찮아. 오해할 만한 상황이었어."

알렉이 내게 입을 맞췄다. 나는 그의 입술을 피할 수 없었다. 짧은 키스가 두어 번 이어졌다.

"들어갈까?"

알렉이 말했다. 나는 쪼그려 앉아 와인 상자의 뚜껑을 덮었다. 무릎을 꿇고 상자 위에 흙을 덮었다.

"춥다. 들어가자."

알렉이 나를 안으로 이끌었다. 뒷문으로 들어가기 전, 아이를 묻은 자리를 돌아봤다. 상자를 덮은 흙의 색깔이 주변보다 붉었다.

"먹을 것 좀 줄까?"

나는 고개를 저었다. 그가 와인을 따른 잔을 건네며 물었다.

"난 배가 고픈데 먹어도 되겠지?"

나는 대답하지 않았다. 어차피 허락을 구하는 질문은 아니었다. 알렉이 수프 뚜껑을 열었다. 국자로 국물을 덜어내더니 집게로 고기를 집어 접시에 따로 담았다. 뼈째 삶은 고기였다. 누린내를 맡지 않기 위해 숨을 참았다. 참다 참다 더는 참을 수 없게 되었을 때 입으로만 조금씩 숨을 쉬었다. 그가 고깃덩어리의 뼈 부분을 손끝으로 잡았다. 여자나 아이의 팔목처럼 보였다. 안 돼. 생각하지 말자. 관찰하지도 말자. 자리를 피하려고 일어서는데 소스가 묻은 살갗 위에 별 모양 문신이 눈에 들어왔다. 레일라의 행운의 별. 레일라가 끝내 사냥꾼의 갈고리에 걸린 것이다. 손발이 차갑게 식었다. 시큼한 덩어리가 목구멍으로 넘어오는 걸 억지로 삼켰다. 나는

그가 따라놓은 와인을 들이켰다. 레일라는 죽었다. 레일라는
내 친구지만 딸아이보다 소중하지는 않다. 눈물을 참기 위해
입술 안쪽을 깨물었다. 연한 점막이 짓이겨져 피 맛이 났다.
나는 또 와인을 마셨다. 탄닌의 쏩쓸한 맛도 피 맛을 완전히
덮지는 못했다.

"정말 괜찮아? 네가 먹던 수프도 남아 있는데."

맛을 음미하듯 천천히 고기를 씹던 알렉이 말했다.

"괜찮아. 난 와인이면 충분해."

"그래. 필요한 게 있음 언제든 말해."

레일라의 살점이 알렉의 입속으로 들어갔다. 그의 각진 턱
이 움찔거렸다. 쩝쩝거리는 소리가 귀에 거슬렸다. 그래도
참아야 한다. 아이를 위해.

긴 식사를 마친 알렉이 냅킨으로 입 주변을 닦았다. 그가
테이블 위의 냄비를 들어 오븐 위로 올렸다. 불을 켜자 매캐
한 가스 냄새가 났다. 나는 품고 있던 이야기를 꺼냈다.

"저기…… 어머니가 신고할지도 모르겠어."

"신고? 그게 무슨 말이야?"

"아이, 시체 유기로……"

"그럼 당장 수색에 들어갈 텐데?"

알렉이 어머니가 그랬던 것처럼 내 옷을 훑어보고는, 코로
깊은 한숨을 내쉬었다.

"그럼 나까지 말려들게 되는 거잖아."

"정원 말고 더 안전한 곳에 숨기면 괜찮지 않을까?"

알렉의 미간이 좁아졌다. 나는 무기력한 기분으로 그의 답을 기다렸다. 거친 숨을 내쉬던 그가 입을 열었다.

"골치 아픈 건 질색인데."

역시 예상대로였다. 그에게 뭔가를 기대했다는 게 부끄러웠다. 이곳에서 떠나자. 틸다의 온실로. 우리를 받아줄 가능성이 거의 없겠지만, 시도하는 수밖에 없다.

"알았어. 아이를 데려갈게."

"어디로?"

"그건 네가 상관할 바가 아니지."

나는 조용히 말했다. 알렉의 얼굴이 붉어지고 일그러졌다.

"아니, 난 상관할 자격 있어."

"뭐?"

"네가 내 여자가 된다면, 널 위해 위험을 감수할 생각이 있거든."

그는 조금도 변하지 않았다. 나와 사귀던 시절에도 언제나 조건을 내거는 걸 좋아했다.

"난 네 여자가 될 수 없어."

널 사랑하지 않으니까. 탐욕을 채우기 위해 인육을 먹는 네가 역겨우니까.

"뭐? 도대체 내가 부족한 게 뭔데?"

"넌 부족한 게 없어. 차고 넘치는 게 문제지. 네 창고를 가득 채운 인육처럼."

"서로의 취향은 존중하기로 하지 않았나?"

"그래, 존중할게. 날 원한다고 했지? 내 육체를 원해?"

내 말에 알렉의 입술이 일자로 다물어졌다. 그것은 긍정의 의미였다. 나는 레일라의 시체가 끓고 있는 냄비 옆에서 바지를 벗었다.

"차라리 날 먹어."

"뭐라고?"

"내 살을 먹으라고. 날 먹고, 아이를 숨겨준다고 약속해."

"취했구나. 말도 안 되는 소리 하지 마."

알렉이 짐짓 걱정하는 듯한 얼굴로 말했다. 말도 안 되는 소리,라는 것이 과연 진심일까? 시체 사냥을 직접 나갈 만큼 욕구에 충실한 남자다. 신선한 고기 앞에서 욕망과 이성, 둘 중 무엇이 그를 지배할지 시험해야 한다. 만약 이성이 앞선다면, 그의 조건에 응하는 것이 아이를 위한 길인지도 모른다. 나는 칼 꽂이에 꽂힌 칼을 뽑았다. 날이 좁고 끝이 뾰족한 칼이었다.

"유리아, 칼 내려놔."

알렉이 경계하며 내게 다가올 기회를 노렸다. 피식자와 포식자처럼 그와 나는 테이블을 사이에 두고 대치했다. 한순간 알렉의 시선이 내 허벅지로 향했다. 그는 혀로 입술을 핥았다. 고인 침을 삼키는 듯 그의 목울대가 크게 움직였다. 그 틈을 놓치지 않고 칼날을 세워 내 허벅지를 갈랐다. 창백한 피부 위로 붉은 선이 그어졌다. 나는 터져 나오는 비명을 삼키며 바닥으로 무너져 내렸다. 도저히 한 번 더 찌를 수가,

살점을 떼어낼 수가 없었다.

"유리아, 미쳤어? 무슨 짓이야!"

벌벌 떨리는 손으로 칼을 다잡는데 거센 손이 내 손목을 움켜쥐었다. 칼은 힘없이 바닥으로 떨어졌다. 피…… 세상에…… 이 선명한 피 좀 봐. 그는 무언가에 홀린 듯 중얼거리며 내 앞에 엎드려 허벅지에서 솟는 피를 핥았다. 아니, 배고픈 아기처럼 빨아들였다. 온몸이 저릿저릿하며 시야가 흐려졌다. 그는 멈출 생각이 없어 보였다. 몸을 뒤로 빼는데 그가 살점을 물어뜯었다. 끝내 입에서 비명이 터져 나왔다.

"그만, 그만해!"

"왜? 네가 원한 거잖아? 널 먹으라며?"

입가에 잔뜩 피를 묻힌 알렉이 으르렁거렸다. 황금색 눈동자는 혼탁했고, 흰자 위에는 시뻘건 혈관이 엉켜 있었다. 그가 내 다리를 누르며 허벅지에 얼굴을 묻었다. 아이를 이대로 둔 채 죽을 수는 없다. 나는 바닥에 떨어뜨렸던 칼을 집어 그의 목에서 꿈틀대는 혈관을 찔렀다. 하지만 칼날은 깊숙이 박히지 않았다. 짧은 비명을 지른 알렉이 일어나 나를 덮쳤다. 온 힘을 다해 그의 가슴을 밀쳐내자 그가 중심을 잃고 오븐에 부딪혔다. 냄비가 쓰러지며 끓는 수프가 알렉의 머리 위로 쏟아졌다. 그는 뜨겁다며 괴성을 지르다가 한순간 기절한 듯 조용해졌다. 죽었나? 그에게로 몸을 숙이는데 그의 어깨가 움찔거렸다.

"너, 네가…… 날……"

"넌 절대 날 갖지 못해."

나는 자리에서 일어났다. 다행히 칼 꽂이에는 칼이 많았다. 칼 하나를 더 빼서 그의 목구멍 깊숙이 찔러 넣었다.

"이건 레일라의 복수야."

썰매개처럼 헐떡대던 숨소리가 멎었다. 그의 피와 내 피가 하얀 대리석 바닥에 고였다. 나는 피 웅덩이에 주저앉았다. 귀에서 삐이이— 하는 소리가 길게 이어졌다. 이러고 있을 때가 아닌데⋯⋯ 아이를 데리고 도망쳐야 하는데⋯⋯ 틸다의 정원으로⋯⋯

피를 많이 흘린 탓일까. 시야가 일렁이고 몸이 휘청거렸다. 겨우 몸을 가누며 주방에 있던 행주로 허벅지를 묶었다. 개수대의 수전에 입을 대고 물을 마시는데 사이렌이 울렸다. 환청처럼 멀리 들리던 소리가 점점 가까워졌다. 문 두드리는 소리, 문이 부서지는 소리, 요란한 발소리⋯⋯ 순식간에 경찰이 들이닥쳤다. 저항할 틈도 없었다. 무장한 경찰들이 나를 에워쌌고, 그중 하나가 내 손에 수갑을 채웠다. 몸부림쳤지만 소용없는 일이었다. 그들에게 들리다시피 끌려 나가 경찰차에 태워졌다. 구경꾼 사이에서 어머니가 물기 어린 눈으로 나를 보고 있었다.

*

나는 감옥에 갇혔다. 손목에는 시체 유기자,라고 새겨

진 은색 고리가 두꺼운 팔찌처럼 채워져 있다. 시체를 유기한 자는 즉결심판에 처하고, 곧바로 감옥에 수감된다. 세로로 긴 사각의 감방 안에는 세면대, 변기, 낡은 철제 침대, 그리고 아이스박스가 있다. 아이스박스 속에는 아이가 들어 있다. 죽은 아이와 함께 갇히는 것. 그것이 내게 내려진 형벌이다. 물과 음식은 일절 공급되지 않는다. 차라리 사형이 나을 텐데. 집행자들은 잘 알고 있다. 나 같은 이에게 가장 괴로운 벌이 무엇인지.

허벅지에 타는 듯한 통증이 느껴진다. 죄수복 바지에는 피와 진물이 배어 있다. 바지를 걷어 올리자 불에 지진 흉터가 자줏빛 뱀처럼 들러붙어 있다.

배가 고프다. 목이 마르다.

벌써 며칠째 잠을 자지 못했다. 굶주림 때문이다. 굶주림은 송곳처럼 내 육신을 꿰뚫는다. 나는 죄수용 담요를 씹는다. 담요의 보풀을 뜯어 삼킨다. 구역감이 밀려올 뿐 굶주림은 조금도 채워지지 않는다.

아이와 나는 목욕을 한다. 우리는 호수에 있다. 배반의 호수를 닮았지만 그곳은 아니다. 이곳의 물은 따뜻하다. 따뜻한 정도가 아니라 뜨겁다. 빙하기가 오기 전의 온천은 이런 모습이었을까. 얼굴에 닿는 차가운 바람이 기분 좋게 느껴진다. 아이가 소리 내어 웃는다. 높은 옥타브의 소리. 고막을 간지럽히는 유쾌한 자극. 세상 그 무엇도 아이의 웃음소리를 흉내 낼 순 없다. 나는 콧노래를 부르며 아이의 등을 닦아준다. 갑자기 아이가 울기 시작한다. 아이의 등껍질이 벗겨지고 새빨간 근육이 드러난다. 나는 비명을 지르다 눈을 뜬다.

허기와 갈증. 갈증과 허기. 두 개의 서로 다른 고통이 중첩되어 내 정신을 갉아먹는다. 나도 너희를 갉아 먹어주마. 정신을 차리고 보니 벽을 갉고 있다. 앞니가 부러져 입안에 피가 가득 고였다. 나는 피를 뱉는다. 부러진 이를 내려다본다.

바닥에 누워 잠이 들었다. 차가운 냉기가 피부에 스민다. 냉기가 혈관까지 스며 피를 굳히면 나는 죽을 수 있겠지. 그러나 감방 온도는 얼어 죽지 않을 정도로 유지된다.

감방 구석에 쪼그리고 앉아 아이스박스를 노려본다. 뚜껑을 열면 굶주림을 멈출 수 있다. 침이 고인다. 이럴 순 없다. 침을 바닥에 뱉는다. 깊은 환멸.

먹지 않아. 먹지 않아. 난 널 먹지 않아.

나는 선고가 내려진 순간 죽어야 했다. 지금도 늦지 않았다. 감방 끝에서 끝으로 달려가 벽에 머리를 박는다. 회색 벽에 도장처럼 붉은 피가 찍힌다. 멈추지 않고 머리를 부딪친다. 두개골이 부서져 내 삶이 끝나길 바라며 두 번, 세 번 내리찧다 쓰러진다. 모닥불 위의 벌레처럼 꿈틀거린다. 손목에서부터 온몸으로 흐르는 전류 탓이다. 은색 고리는 단순히 표식을 위해 채워놓은 것이 아니었다. 그들은 나를 살려놓을 것이다.

어디선가 음식 냄새가 난다. 이것은 진짜가 아니다. 그들이 행하는 또 다른 고문 방식일 뿐이다. 그 고문은 효과가 있다. 눈물은 흐르지 않지만 침은 흐른다. 나는 짐승이 되어가는 나를 본다.

손톱과 발톱, 머리카락이 다 사라졌다. 그것들은 내 배 속에 들어가 있다.

아이의 노랫소리가 들린다. 아이는 노래한다. 엄마, 괜찮아. 나는 엄마의 살로 만들어진 존재인걸.

기어가고 있다. 아이스박스를 향해.

나는 아이스박스의 뚜껑을 연다. 하얀 서리가 내려앉은 아이는 눈의 요정처럼 보인다. 나는 아이의 손을 잡는다. 새끼

손가락을 잡고 힘을 주자 아이의 손가락이 고드름처럼 부러진다. 눈을 질끈 감고 입에 넣는다. 손가락을 감싸고 있던 얼음이 한 겹 녹고 입안에 비릿한 맛이 느껴진다. 연한 살은 씹기도 전에 녹아버린다. 자그마한 손가락뼈가 남는다. 나는 그것을 차마 뱉지 못하고, 오래도록 입안에서 굴린다.

# 귓속의 세입자

박문영

해빈은 한국인 일행에게서 등을 돌린 채 창문만 쳐다봤다. 응원단 무리에 섞여 들고 싶지 않았다. 하지만 객차 문이 열리고 역사에 발을 디딘 뒤 눈을 껌벅이는 동안 양 볼에 태극마크 스티커가 붙었다. 옷 위엔 한복이 덧입혀졌다. 지하철 출구를 빠져나오기도 전에 벌어진 일이었다.

"헤이, 세이 까리노. 까리노."

현지인 몇몇이 해빈을 향해 소리쳤다.

"잘 어울리네. 여기 사람들도 해빈 씨가 귀엽대요."

응원단은 해빈을 놓아주지 않았다. 다들 숙소에서부터 흥분한 상태였다. 해빈은 그들을 필사적으로 피해 다녔지만, 이제 와 더 물러설 곳은 없었다.

모두의 예상을 깨고 한국이 월드컵 8강에 진출한 날부터 해빈의 사생활은 무너지기 시작했다. 이 낯선 도시에서 해빈이 의견과 기호가 있는 하나의 주체로 지내기란 불가능했다. 경기장 입구에도 개개인은 없었다. 호객꾼과 소매치기까지 패거리를 지어 다녔다.

"복잡하니까 얼른 따라와. 정신 차리고."

흉측한 가발을 쓴 대표가 해빈을 향해 손짓했다. 시뻘건 도포를 둘러 입은 재언은 땅을 보고 있었다. 참자. 오늘만 버티면 끝나. 해빈은 밀라노의 잿빛 하늘을 올려다보며 욕을 내뱉었다. 누군가 시비를 걸까 봐 소리는 내지 못했다. 이 모든 고통의 이유는 하나였다. 한국이 잘 싸웠기 때문에. 선수들이 죽기 살기로 이를 악물고 뛰었기 때문에.

한국 대 프랑스 8강전이 열리는 주세페 메아차 경기장은 인파로 가득했다. 원형 통로를 지나는 사람들이 어디선가 끊임없이 복제되는 것만 같았다. 전반 9분, 한국이 먼저 골을 넣었다. 발밑이 꺼질 듯한 기분에 해빈은 의자 양 귀퉁이를 꽉 잡았다. 자리에 앉아 있는 관객은 해빈 말고 없었다. 등을 구부린 해빈은 오른쪽 귀를 틀어막고 옥수수에 대해 생각했다. 옥수수 심에 붙어 있기 싫은 옥수수 낱알은 어떻게 살까. 발아해보니 빽빽한 행렬 속이고 거기서 꼼짝없이 한 칸을 차지하고 있어야 한다면. 그리고 얼마 후 팝콘이 되어야 하는 처지라면.

해빈이 옷고름을 세게 말아 쥐었다. 돔 속에 잡념의 돔을 지어 숨어 있을 수 없었다. 전반 22분, 한국이 두번째 골을 넣었기 때문이다. 해빈의 볼에 붙은 태극기가 땀과 눈물로 지워지기 시작했다. 안압이 치솟았다.

"너무 싫어. 너무 싫다고."

해빈의 말은 고성에 파묻혔다. 그때 카메라 앵글 왼쪽 구석에 울고 있는 해빈의 형상이 잡혔다. 카메라맨이 해빈의 모습을 서둘러 줌인했다. 한국 취재진에게 애국심 가득한 젊은 여성의 얼굴은 놓칠 수 없는 컷 중 하나였다. 해빈을 발견한 중계석의 해설자가 소리쳤다.

"아, 감격에 겨워 오열하는 여성분이네요. 교민일까요, 응원단일까요. 아무튼 이곳 타지에서 정말 귀한 동포 한 분이십니다. 우리 선수들에게 큰 힘이 되어주고 있어요."

후반 38분, 프랑스가 페널티킥을 얻어냈다. 주위가 조용해지자 해빈이 저고리 앞섶에 손을 올렸다. 갈비뼈 안에서 요동치는 심장을 다독여주고 싶었다. 하지만 적막은 잠시였다. 한국 골키퍼는 그 공을 막아냈다. 태어나 처음 듣는 괴성에 해빈이 이를 꽉 물었다. 페널티킥 판정 이후 프랑스의 유효 슈팅은 없었다. 경기는 2:0으로 마무리되었다. 의자에서 한 번도 일어나지 않은 해빈은 까맣게 타버린 옥수수알이 된 듯한 심정이었다. 2034년 제25회 월드컵. 한국은 프랑스를 꺾고 4강에 올랐다. 해빈의 귀국일은 곧장 미뤄졌다.

"외국 나가니까 나라 사랑을 주체할 수가 없어?"

선잠에서 깬 해빈은 이모의 물음에 바로 대답하지 못했다.

"곽해빈. 월드컵 직관하다 애국자라도 된 거야? 너 왜 거기서 그렇게까지 우냐?"

해빈은 가까스로 몸을 일으켰다. 이모의 다음 말에 온몸의 피가 빠져나가는 것 같았다. 내가 TV에 나왔다니. 그것도 한복을 입고 질질 우는 꼴로. 그나마 전 국민 중에서 자신을 알아볼 사람이 이모 하나라는 사실을 다행으로 여겨야 할까. 해명을 늘어놓던 해빈은 이모의 폭소에 어깨를 늘어뜨렸다.

"이탈리아로 단체 관광을 오는 게 아니었어."

"단체? 너희 회사 사람 고작 세 명이잖아. 셋이 휴가 간 거 아니야?"

"여기 한국인들로 우글우글해. 응원단이랑 같은 숙소라서 돌아버리겠다. 나 출국도 못 하고 묶여 있어. 이 사람들, 내일이 없어."

"한국이 계속 이기면 체류비는 어떻게 하게? 그것도 대표가 낸대? 아니다. 이왕 간 거 아무 생각 말고 놀다 와. 너 외국 나간 거 처음이잖아."

이모가 여기 안 와봐서 그래,라고 대꾸할 수는 없었다. 이모의 여행지는 울릉도 하나였기 때문이다. 해빈은 이불을 이마까지 끌어 올렸다. 해빈의 왼쪽 귀에 사는 세입자는 자정 너머 깨어났다.

"괜찮습니까? 평소보다 체온이 높고 맥박이 빨리 뜁니다."

해빈은 그와 몇 마디를 나누다 기절하듯 잠들었다.


세입자를 만난 건 늦여름, 풍납나들목 근처 한강공원에서였다. 폭우가 휩쓸고 지나간 터는 을씨년스러웠다. 종종 걷던 길은 갯벌처럼 보였다. 해빈은 산책로 앞의 현수막을 그냥 지나칠 수 없었다. 무시하기 쉽지 않은 문구였다.

'진드기를 이기는 최선의 방법은 진드기에 물리지 않는 것입니다. 외출 시엔 방석, 목수건, 장갑, 긴바지, 장화, 모자, 목이 긴 양말, 긴팔, 토시, 돗자리를 지참하세요.'

현수막 사진을 찍은 해빈은 깨진 바닥과 웅덩이를 피해 발을 뗐다. 10분쯤 걸었을까. 수풀 사이의 비닐이 눈에 띄었다. 비닐은 식물의 몸을 칭칭 감고 있었다. 해빈은 축 처진 억새에 손을 뻗어 비닐을 걷어냈다. 한번 손을 대자 공원은 비닐이 있는 곳, 비닐이 없는 곳으로 구분되기 시작했다. 치워야

할 비닐 뭉치는 수도 없었다. 해빈은 쓰레기봉투나 가방을 갖고 나오지 않은 걸 후회했다. 비닐을 떼어내는 동안 해가 저물었다. 저 강둑 근처까지만 가자. 해빈이 둔치에 쭈그려 앉아 검푸른 비닐을 집었을 때였다.

"나를 데려가줄 수 있습니까?"

해빈의 두 무릎이 진흙 바닥에 그대로 처박혔다.

"나는 여기 있습니다."

해빈의 눈엔 아무것도 들어오지 않았다. 환청이 들릴 정도로 스트레스가 심했나. 아니, 누가 장난을 치는 게 틀림없다.

"지금은 사색도 판단도 하지 않는 편이 좋겠습니다. 몸을 움직이세요. 15도 방향으로 틀면 내가 보일 겁니다."

해빈이 숨을 깊게 들이마셨다. 그러자 잎새 끝에 반짝이는 뭔가가 보였다. 해빈의 새끼손톱만 한 크기였다. 묽은 덩어리는 얼핏 눈곱이나 코딱지 같은 모습이었다. 하지만 자세히 보니 머리, 팔, 다리가 있었다. 두 눈은 술빵 위에 붙은 검은 깨 같았다. 해파리와 우파루파를 조금씩 닮은 반투명체는 입이 없는데도 소리를 낼 수 있었다.

"나를 당신 몸에 잠시 머무르게 해주세요."

해빈은 그의 요구에 답하지 않았다.

"나는 부탁을 들어준 인간의 신체를 훼손하지 않습니다."

부탁을 안 들어주면 신체를 훼손하겠다는 말인가? 꼬물대기도 힘들어 보이는 저 몸으로? 해빈이 인상을 썼다.

"뭐라는 거예요? 제가 왜 이런 협박을 받아야 하는데요?"

"나는 여기 있기 무료합니다. 그리고 당신도 꽤 한가해 보입니다. 그러니 나와 당신이 한동안 같이 있어도 괜찮지 않나요?"

친구가 없고 가족과 연이 끊기고 사회성이 떨어지는 인간은 우주에서도 표적으로 삼기 쉬운 건가. 해빈은 잎 가까이로 다가갔다. 반투명체는 잡신도 정령도 장난감도 아니었다. 누가 먹다 버린 양장피나 넓은 당면 조각도 아니었다. 조금 해괴하고 조잡해 보이지만 분명 생명체였다. 그것도 한국어를 능숙히 구사하는 고등 생명체. 도리질을 친 해빈은 휴대폰 검색창에 생각나는 말들을 적어 넣었다. 조현병 초기 증상, 회피형 성격장애, 해리성 정체감 장애, 유년기 트라우마.

"다시 말씀드립니다. 나는 신체를 침탈해 숙주로 쓰지 않습니다. 기생하고 있다가 죽이지 않습니다. 오직 잠시 머무르기만 합니다."

해빈은 검색을 멈추고 지금까지 봤던 만화와 영화 들을 떠올렸다. 거기 나온 외계 생명체들도 처음엔 작고 귀여웠다. 하지만 하루 이틀 지나기가 무섭게 몸집이 불어났다. 그리고 별다른 악의 없이 인간을 죽였다. 동선에 방해가 되거나 귀찮게 칭얼거리면 뒤도 돌아보지 않고 말이다. 지구에 온 목적과 의미를 캐내려는 인간, 우주의 섭리와 질서에 대해 나름의 사상을 설파하려는 인간에겐 특히나 자비가 없었다. 무심하고 신속한 살생이었다. 지구에 올 정도로 지능이 높은 존재들이 인간 나부랭이를 자신들과 동등한 생명체로 대할

리 만무했다. 해빈이 입을 열지 않자 반투명체가 아까보다 또렷하게 발음했다.

"내게 힘의 논리는 논리가 아닙니다. 폭력, 침략, 전쟁 따위로 얻는 이익은 누구에게든 결국 무의미합니다. 승패와 우열이란 개념은 허상입니다."

해빈이 자리에서 일어나자 반투명체가 좀더 크게 외쳤다.

"귀찮게 하지 않습니다. 나는 인간보다 잠을 오래 잡니다. 게다가 내가 가장 중요하게 생각하는 두 가지는 고독과 거리 감각입니다. 당신 영역에 함부로 끼어들 일은 없습니다. 그러니 나를 데려가주세요."

해빈은 휴대폰을 주머니에 도로 넣고 물었다.

"제가 얻는 건 뭔데요?"

반투명체가 잠시 침묵했다.

"시시하고 쓸데없는 아름다움이라고 답할 수 있겠습니다. 확인이 필요하다면 거기서 잠시 관찰해주십시오."

반투명체는 조용히 빛을 냈다. 백옥색에서 상아색으로, 상아색에서 진주색으로. 색상이 바뀔 때마다 몸에서 드라이아이스 연기 비슷한 게 피어올랐다. 해빈은 눈앞에서 펼쳐지는 이상한 공연을 골똘히 구경했다. 빛이 꺼진 생명체는 이제 얼음 파편처럼 보였다.

"나는 시공간을 얼릴 수 있습니다. 이 세상은 39초간 멈춰 있었습니다."

해빈은 고개를 떨궜다. 무릎부터 바짓단 끝까지 진흙투성이였다. 우주선에서 떨어진 건 그가 아닌 자신인 것 같았다. 진드기를 이기는 최선의 방법이 진드기에 물리지 않는 것이라면, 괴생명체를 이기는 최선의 방법은 괴생명체에게 물리지 않는 것일 텐데. 어쩌지, 이미 물렸으면. 주변을 살피던 해빈이 나지막하게 물었다.

"저기요. 어떻게 데려가면 되는데요? 손이 닿아도 괜찮아요?"

"괜찮습니다. 나를 손가락으로 집어 귀에 넣어주시면 됩니다. 오른편이든 왼편이든 관계없습니다. 참고로 내 체온은 당신 체온보다 약간 낮습니다."

해빈은 반투명체를 들어 왼쪽 귀에 넣었다. 그의 말대로 귀가 살짝 차가워졌다. 그가 앞날을 알려주겠다거나 영원히 살 수 있게 해주겠다는 말을 꺼냈다면 둔치를 바로 떠났을 것이다. 하지만 반투명체는 그저 덧없고 하찮은 빛을 발할 수 있었다. 그리고 허망한 농담을 할 줄 알았다. 억새에 붙어 떠들던 세입자는 그렇게 해빈의 귀로 이사했다.


"거 브라질 골키퍼처럼 한가하네. 얼른 준비하고 나와."

대표는 재언과 함께 이미 로비에 나와 있다고 했다. 응원단을 마주한 해빈은 뒷걸음질 쳤다. 경기가 없는 날에도 붉은 옷을 입은 그들 쪽에 가까이 갈 수 없었다. 세상의 모든 빨강을 그들이 독식하고 있는 것 같았다. 로비 안의 엔트로피가 걷잡을 수 없이 치솟았다.

"저희 직원 이제 나왔네요. 형님, 가시죠."

응원단에게 피자를 대접하기로 한 대표는 본인 혼자 그들을 만나는 일은 상상도 한 적 없다는 듯 굴었다. 어느새 응원단장과 형제처럼 가까워진 대표였다.

"응원 도구랑 복장이랑 다 무상으로 빌려주셨는데, 소소하게라도 자리 한번 만들어야지. 아, 우리가 가져온 티셔츠는 너무 칙칙해서 꺼내지도 못해요. 근데 이게 무슨 복이야. 저분들이랑 이 타국에서 기적처럼 만난 게 어디 보통 인연이냐고."

해빈은 제 할 말만 하고 앞서가는 대표를 멍하니 쳐다봤다. 웹 콘텐츠 제작사 아라를 몇 년간 간신히 꾸려온 대표는 회사를 슬슬 정리할 생각이었다. 전략 팀장 재언과 운영 팀장 해빈도 이직 준비 중이었다. 그러다 작년, 대표 아내의 웹툰이 입소문을 타고 엄청난 인기를 끌기 시작했다. 웹툰이 드라마와 영화로 제작된다는 소식을 누구보다 빨리 접한 대표는 안정을 되찾기가 무섭게 여유를 부렸다.

"내가 계속 그리라고 했어. 딱 1년만 더 해보고 쉬라고 했지. 난 잘될 줄 알았어."

대표가 사무실에서 하는 일의 태반은 기타 연주와 축구 관람이었다. 아내의 성공이 그의 한량 기질을 한층 끌어낸 셈이었다. 월드컵 개최국이 결정되던 날, 대표는 과도로 밤을 깎고 있었다. 생밤을 오도독오도독 씹어 먹던 대표가 말했다.

"왜 또 이탈리아에서 해? 너무 먼데?"

재언은 해빈을 흘깃 보고 답했다.

"경기장을 새로 짓는 것보단 낫죠. 예전엔 무리해서 공사를 하는 바람에 사람들이 다치거나 죽었잖아요."

해빈은 고개를 끄덕였다. 지구촌 축제라 불리는 국제경기는 그런 식으로 치러지곤 했다. 있는 걸 급히 지우고, 없는 걸 급히 만들면서.

"그럼 뭐, 가야지."

해빈과 재언이 눈을 크게 떴다.

"간다고. 우리 이탈리아로 휴가 간다. 제작사 이름 까먹었어? 아라. 이탈리아어로 날개야. 우리가 가서 선수들 날개가 되어줘야지."

해빈은 대표 대신 재언을 쳐다봤다. 하지만 재언은 창밖만 볼 뿐이었다. 해빈이 대표 앞으로 걸어갔다.

"저는 휴가 안 가도 괜찮아요. 여기 남아서 일할게요."

대표가 밤껍질을 한데 모으며 말했다.

"내가 말을 잘못했어. 이거 휴가 아니야. 워크숍, 업무의 연장선이지."

대표의 눈시울은 어느새 붉어졌다. 재언이 휴지 갑 모서리에 손을 올렸다.

"이제 내 인생은 덤이야. 그런데 내가 그동안 고생한 내 사람 둘을 못 챙길까 봐? 경비는 내가 대니까 걱정하지 말고 준비나 잘해."

"사모님도, 아니 작가님도 괜찮다고 하실까요?"

재언이 묻자 대표가 기다렸다는 듯이 답했다.

"늘그막에 얻은 행운을 주변 사람들과 나누지 않으면 누구랑 나눠? 우리 아내가 그랬어. 이제부터 베풀지 않으면 흉해진대."

갑자기 느려진 말투, 느긋한 미소. 대표는 머릿속에 그려오던 이상적인 장년 신사를 애써 모방하는 듯했다. 태는 나지 않았다.


"피자값이 잘못 나온 것 같은데? 팁이 자동으로 이렇게까지 붙나?"

계산서를 본 대표가 해빈과 재언에게 속삭였다. 상체를 깊이 숙인 채 눈살을 찌푸린 모습이 비 맞은 오골계 같았다. 해빈은 평정심을 되찾았다. 이게 대표와 가장 잘 어울리는 모습이었으니까.

"두 사람이 한번 조용히 물어봐줄 수 있어? 내가 번역기를 숙소에 두고 와서."

해빈과 재언은 동시에 카운터로 향했다. 점원이 영어로 말하는 아시아인 둘을 내려다보았다. 점원은 입술을 쭉 내밀고 있다가 이탈리아어로 대답했다. 너희 말을 도저히 못 알아듣겠다. 뭐라고? 글쎄, 아마도 실수인가 보네. 보다시피 우리는 바쁘니까. 해빈이 다시 입을 떼려는 순간, 뒤따라온 응원단 몇몇이 점원에게 소리쳤다. 처음 듣는 이탈리아어인데도 뜻을 헤아릴 수 있었다. 거짓말, 사기꾼, 인종차별자, 우릴 무시하지 마. 점원이 느릿느릿 돈을 내줬지만, 식당 안은 더 시끄러워졌다. 붉은 티에 붉은 멜빵바지를 입은 단원 하나는 머리통을 좌우로 휘저으며 식식댔다. 고국의 아군들에게 감복한 듯한 대표는 응원단장의 널따란 품에 안겼다. 남은 탄산수를 한 번에 다 마신 해빈은 식당에서 빠져나왔다. 재언도 해빈을 따라 나왔다.

"많이 지쳤나 봐요."

재언의 말에 해빈이 자갈길에 멈춰 섰다.

"그럼 이 와중에 멀쩡하겠어요? 일정은 계속 밀리고 알지도 못하는 사람들이랑 내내 어울려 다니는데."

해빈은 뒤이어 튀어나오려는 말을 머릿속으로만 외쳤다. 저는 용서할 수 없어요. 우선 응원단의 저 패션. 일관성도 질서도 미감도 없잖아요. 충돌 자체지. 상의와 하의가 종일 불꽃 튀게 싸우고 있어요. 축구 경기보다 더 뜨거워. 분장은 또 어떻고요? 도대체 건곤감리를 왜 얼굴에 그려요? 저는요, 살면서 나비넥타이를 매고 뿔테 안경에 중절모에 갓까지 쓴 사람은 처음 봐요. 1호선 할아버지들을 왜 욕해요? 그분들은 드레스 코드라도 있지. 그리고 지긋지긋한 고함. 옷도 말도 너무 시끄러워요. 저는 정말이지 이 열기를 견딜 수 없다고요.

"해빈 씨 안색이 어둡네요. 피곤한 것 같아 걱정이에요."

머뭇거리던 재언이 말했다. 갈라진 입술, 푸석푸석한 볼, 면도날에 베인 듯한 턱. 재언의 얼굴을 물끄러미 보던 해빈은 뒤늦게야 깨달았다. 재언이 하루도 혼자 지내지 못한다는 사실을. 적어도 자신은 방을 혼자 쓸 수 있었다. 재언은 룸메이트인 대표와 4일째 밤낮없이 함께였다. 응원단과의 술자리를 완강히 거부할 수도 없었을 것이다. 다음 경기까지 가장 고단할 사람은 단연 재언이었다.

"재언 씨 몸이나 잘 살펴요. 전 좀 걷다 들어갈게요."

해빈은 재언에게서 떨어지는 게 낫다고 생각했다. 자신도 재언도 혼자만의 시간이 필요했다.


인드로 몬타넬리 공원은 호젓했다. 커다란 까마귀들이 빵과 햄 조각을 쪼아대며 돌아다녔다. 해빈은 광장 중앙에 놓인 벤치에 앉았다. 현수막과 공사 표지판이 없는 공원은 오랜만이었다. 해빈은 발목을 주무르며 고국을 생각했다. 눈에 닿는 모든 게 번잡하고 조악한 한국형 조경. 하지만 이곳에 묶인 지금은 처음으로 그 보잘것없는 모습이 그리웠다. 해빈은 휴대폰 앨범을 뒤졌다. 출퇴근길 풍경과 동식물 사진이 계속 나왔다. 이모 빼고 사람 얼굴은 없었다. 찾던 사진은 한참 후에 나왔다.

'진드기를 이기는 최선의 방법은 진드기에 물리지 않는 것입니다.'

사진을 가만히 보고 있으면 그날, 그곳에서 일어난 일이 꿈이 아니라는 걸 확신할 수 있었다. 귓속에 세입자가 잠들어 있다는 사실 역시 잊지 않을 수 있었다.

"해빈 씨. 거기로 가도 돼요?"

광장 맞은편에서 재언이 손을 크게 흔들었다. 뭘 샀는지, 다른 손에 들린 가방이 무거워 보였다. 해빈은 가족을 만난 듯 환한 표정을 짓는 재언을 이해할 수 없었다.

"인간과 인간은 불필요한 접촉을 하며 지내지만, 나는 동종과 그런 식으로 친밀하게 지내지 않습니다. 동종도 나와 마찬가지입니다."

해빈은 뛸 듯이 걸어오는 재언을 보며 세입자의 평소 신조와 철학이 새삼 훌륭하다고 생각했다.

"아니, 좀 혼자 다니면 안 돼요?"

"혼자 구제 시장에 다녀왔어요. 이거 보세요."

재언이 가방 속 잡동사니들을 하나씩 꺼내기 시작했다.

"스웨터 만져보세요. 엄청 부드럽죠? 뜨개질 보시면 의외로 되게 정교해요. 이 용 인형은 좀 허술하게 생겼지만, 눈이 마주쳐서 안 데려올 수가 없었어요. 그리고 비장의 아이템은 이 와인 세 병. 정말 오래된 거예요. 상인 분이 저 안목 있다고 멋있는 오프너까지 덤으로 줬어요."

해빈은 스웨터 소매 끝의 누런 얼룩을 쳐다봤다. 용의 목 젖엔 언제 터져 나왔는지 모를 스펀지가 달려 있었다. 사람들은 왜 추레하고 구질구질한 걸 정겹다고 할까. 왜 낡고 정신 사나운 걸 따뜻하다고 할까. 조화와 균형이 깨진 것들은 이미 너무 많이 봤다. 해빈은 이모와 함께 떠돌던 빌라들을 생각했다. 아랫집에서 청국장을 끓이면 방에도 청국장 냄새가 났다. 윗집에서 김을 구우면 방에도 김 냄새가 났다. 어떤 동네에 가더라도 적막할 시간이 없었다. 취한 사람도 취하지 않은 사람도 늘 목소리가 컸다. 얼마 후 재언이 물건들을 주섬주섬 가방에 집어넣었다.

"해빈 씨, 진짜 혼자 있고 싶으시구나. 저 그럼 일어날까요?"

이마를 긁던 해빈이 대꾸했다.

"같이 걸어요. 대신 우리, 말은 많이 하지 말아요."

공원을 빠져나온 해빈과 재언은 얼마 못 가 인파에 휩쓸렸다. 거리엔 대규모 마라톤이 열리는 중이었다. 도로는 돔이 치워진 경기장 같았다. 재언이 해빈의 옷깃을 잡고 말했다.

"뛰어요. 뛰면서 같이 빠져나가요."

재언은 대각선 방향의 골목을 가리켰다. 다른 골목보다 폭이 넓은 도주로였다.

"저기까지. 앞으로 달리지 말고 옆으로 조금씩 달려요. 서로 놓치지 말고."

해빈과 재언이 게처럼 움직이자 뒤편에 있던 참가자들이 휘파람을 불었다. 주자들은 두 사람이 이런 이벤트를 놓치고 싶지 않은 동양인이라고 믿는 것 같았다. 사람들의 함성이 점점 커졌다. 누군가 해빈과 재언의 어깨를 두드리며 앞서 나갔다. 해빈은 그를 잡아 세우려 했지만, 어깨를 건드린 사람이 이 많은 외국인 중 누구인지 찾아낼 수 없었다. 고개를 돌리자 벽에 붙어 오줌을 싸는 참가자들만 눈에 들어왔다. 대열을 간신히 벗어난 두 사람은 골목 초입에서 한숨을 내쉬었다. 해빈은 문 닫은 상점 돌계단에 주저앉았다. 해빈과 조금

떨어진 자리에 재언이 앉았다. 재언은 가방에서 와인 두 병을 꺼내 땄다. 해빈은 재언이 건네는 병을 말없이 받아 들었다.


"세입자라고 불리는 건 부적절하지 않아요? 문화가 다르잖아요. 종족 이름도, 개별 이름도 있을 텐데."

"중요하지 않습니다. 어떻게 불려도 상관없습니다."

"그럼 친구? 반려 존재? 아니면 우주 해파리?"

"이름이 꼭 필요하다면 그리고 이름에 내 의지를 반영해줄 수 있다면 간결하고 중립적인 단어, 세입자를 택하겠습니다."

해빈의 개인적인 세입자는 유빙에서 왔다고 했다. 어느 행성에서 왜 온 건지 물었지만, 그는 이곳에 도착한 이후의 경로만 알려줬다. 가치가 없다고 판단한 물음에 대해 세입자가 공들여 답하는 일은 없었다.

"영양분 섭취는 어떻게 해요? 제가 견과류나 사료 같은 걸 빻아서 귀에 넣어주면 되나요?"

"그 질문에서 나는 약간의 모멸감을 느낍니다. 영양은 이곳의 햇빛으로 충분합니다."

세입자는 중국 랴오닝성과 북한 옹진반도를 거쳐 한국 백령도에 다다른 뒤 점박이물범의 코 속에서 살았다. 물범을 설득하는 데 오랜 시간이 걸리진 않았다. 그에게 방을 내준 물범은 까다롭고 예민한 성격이 아니었다. 하지만 그는 물범의 코점막에 계속 머무를 수 없었다. 시시때때로 바닷물에 밀려 나와 플랑크톤 무리와 합류할 수밖에 없었기 때문이다.

"나는 누군가와 덩어리로 뭉쳐 다니지 않습니다. 항상 외따로 다닙니다."

"왜 춥게, 혼자 다니는 건데요?"

"영역을 섣불리 합치지 않는 이유는 명확합니다. 온기 때문에 행성 문명의 일부가 파괴되었으니까요. 무리 속에서 너와 나를 분별하지 않고, 각자의 차이를 뭉개면서 온기는 열기로 바뀌었습니다."

"그래도 모여서 할 수 있는 일이 있잖아요. 모여야 효율이든 가능성이든 높아지는 일이."

"모이면 더 큰 구획이 만들어집니다. 이편과 저편의 경계가 전보다 선명해집니다."

"경계가 없으면, 아무 진영이 없으면 사회가 아니잖아요?"

"한군데에 모여 같은 감정을 공유하다 뜨거워진 일부 동종 때문에 행성 온도가 불규칙해졌습니다. 남은 동종들은 있는 힘을 다해 기온을 떨어뜨려야 했습니다. 시공간을 얼어붙게 할 정도로 에너지를 쓰면서. 하지만 모든 시도가 실패로 돌아갔습니다. 생존한 동종들은 한기를 유지하며 홀로 지내기로 했습니다. 서로 어울리지 않고, 편이나 패를 만들지 않고."

"근데 저랑은 왜 어울려요?"

"나는 당신과 한편이 아닙니다. 완연히 다른 종인 동시에 각각의 단독자입니다. 입장, 자리, 처지가 다릅니다."

해빈은 냉랭하고 비정한 태도를 견지하는 세입자에게 흠칫 놀랐다. 대화를 나눌수록 적막한 밤이 생겨났다. 그런 밤엔 장난으로라도 내 귀에 언제까지 있을 거냐고 물을 수 없었다. 그렇게 이야기의 물꼬를 트는 건 너무 치사한 짓 같았다. 왜 인간의 여러 기관 중 귀에서 지내는 거냐고 물은 적은 있었다.

"뇌나 눈에 들어가 살 수는 있지만, 축축하고 끈끈한 공간은 피하고 싶었습니다. 나는 무언가와 반죽처럼 엉기게 되는 일을 원치 않습니다. 그리고 귀에 머무는 방식이 인간에게 가장 피해가 적습니다."

해빈은 월드컵이 열리는 이 오븐 속 같은 도시에서 세입자가 제정신으로 생활할 수 있을지 의문이었다.


"재언 씨는 축구가 좋아요?"

앉은자리에서 와인 한 병을 다 비운 해빈이 물었다. 재언은 어깨를 들어 올릴 뿐 답이 없었다. 해빈이 빈 병에 볼을 붙이고 말했다.

"월드컵 개최국까지 와서 할 말은 아니지만, 저는 축구가 정말 싫어요. 여러 스포츠 중에서도 너무 성적이고 1차원적인 게임이잖아요. 슈퍼 알파 메일들이 몸싸움을 벌이면서 공을 몰고 골대를 향해 달리는데, 경기 자체가 테스토스테론 덩어리 아니냐고요. 점수 하나, 운 한 번이 너무 결정적인 것도 섬뜩해."

재언은 병에 반쯤 남은 와인을 흔들다가 말했다.

"그냥 선수들도 우리 같은 직장인이라고 생각하면 되죠."

해빈이 세번째 와인을 가리키자 재언이 오프너를 꺼냈다.

"맞아요. 재언 씨 말대로 축구도 그 사람들 직업이죠. 근데 그게 왜 우리 축제가 돼요? 왜 생판 알지도 못하는 선수들을 보면서 소속감을, 애국심을 느끼냐고요."

"이해해요. 해빈 씨가 뭘 싫어하는지는 알겠어요. 그런데 국가주의나 민족주의를 비판하는 사람들도 대부분 국적은 갖고 있어요."

"저나 재언 씨나 태어나 보니까 한국인 건데요."

"해빈 씨한테는 국가도 정부도 필요 없어요? 뿔뿔이 알아서 살 테니 간섭도 보호도 하지 마라?"

"아니, 들끓지 말고 생각을 해보자는 거예요. 태어난 나라를 의심 없이 사랑하는 게, 본능에 무작정 휩싸이는 게 자랑은 아니지 않아요?"

"생각은 해빈 씨만 할까요? 세상엔 국적이 소중한 사람들도 있어요. 뺏겨본 경험이 있다면, 빼앗길 위험에 처해 있다면."

해빈이 목을 빼고 재언의 얼굴을 유심히 들여다봤다. 재언이 멋쩍은 미소를 짓다가 말했다.

"뭐, 심각한 이유가 없더라도 나라가 좋을 수 있죠. 나고 자라면서 당연히 애증이 쌓이잖아요. 그러니까 해빈 씨, 여기까지 왔는데 생각은 좀 멈추고 즐겨봐요."

해빈은 이모 같은 말을 하는 재언 때문에 힘없이 웃었다.

"그래서 즐기는 사람들이 정말 멀쩡해 보여요?"

남은 와인을 다 마신 재언이 말했다.

"해빈 씨는 뭐가 그렇게 마음에 안 들어요? 경기장에서 사람들이 웃고 울고 소리 지르니까 다 멍청해 보이는 거예요? 여기 끌려온 우리는 안 멍청하고요?"

해빈이 자세를 고쳐 앉았다. 술기운이 금세 사라진 듯했다. 재언이 턱을 긁으며 말했다.

"미안해요. 말이 심했어요."

해빈은 친근함과 무례함을 편할 대로 드러내던 외국인들을 떠올렸다. 한복 차림의 자신에게 소리를 지른 현지인, 피자값을 몇 배나 더 받으려고 했던 가게 점원, 휘파람을 불어대고 어깨를 멋대로 두드린 마라톤 참가자들. 하지만 누구보다 말이 통하지 않는 건 한국인들이었다. 역시 괜한 대화였다. 편을 만들지 않는다는 지구 밖 세입자가 그나마 가장 자기 편 같았다. 해빈이 왼쪽 귀를 조심히 틀어막고 물었다.

"재언 씨. 고도로 발달한 외계 문명이 있다면요. 그들도 축구 같은 게임을 할까요?"

재언은 빈 병을 쓸어내리며 말을 골랐다.

"글쎄요. 결속력을 강화해야 할 이유가 있다면 하겠죠. 그 행성에도 고유의 영역이 있다면, 영역에 대한 애정을 드러내야 한다면."

해빈은 맞은편의 돌계단을 오래 쳐다봤다. 세입자가 내놓을 만한 대답을 하고 싶었다. 세입자와 같은 입장, 자리, 처지가 되어보고 싶었다.

"애정은 불안정해요. 순식간에 광기로 넘어가요. 그러니

스스로 뭘, 왜 좋아하는지, 항상 돌아보고 고민해야 해요."

"그렇게 멈춰 서다 보면 외롭지 않아요? 선이 정확하긴 하고요? 해빈 씨는 지금껏 좋아하는 사람들에게 아무 도움도 안 받고, 아무 피해도 안 줬어요?"

"도움을 받고 피해를 주면서 얽혀 들고, 핑계를 만들고, 합리화했죠."

재언이 숨을 크게 내쉬자 해빈이 말했다.

"그러니까 외계에서는 축구 따위 하지 않을 거예요. 지성체들은 애정이라는 감각이 위험하다는 사실을 잘 알고 있을 거니까요. 아마 사랑을 넓고 묽게, 과열되지 않는 형태로 발전시켰을 거예요."

재언은 노을이 번진 하늘을 올려다보며 말했다.

"인간은 지성체가 아니에요. 사람은 사람을 가까이에서 보고 만져야 살아갈 수 있어요. 죽기 전까지 그렇게 살아요."

"서로를 존중하지 않으면서요? 이렇게 사색을 방해하고 자유를 침해하면서 훈훈하게요?"

재언이 빈 병 세 개를 가방에 차곡차곡 넣었다.

골목의 행인들은 아까보다 줄어 있었다. 마라톤이 끝난 저녁 거리는 황량했다. 터벅터벅 걷는 해빈과 재언 앞에 한 노인이 다가왔다. 긴 머리카락을 양 갈래로 땋아 내린 노인은 이탈리아어로 물었다. 쇳소리가 섞인 탁한 목소리였다. 혹시 둘이 길을 잃었어요? 수심이 가득해 보여요. 괜찮으면 우리 집에 가서 식사라도 할래요? 많이 피곤하면 하룻밤 자도 좋고요. 당신들이 나온 저 골목, 바로 두번째 집이에요. 혼자 살아서 재료는 얼마 없어요. 내 요리가 소박한 가정식이라 어떨지 모르겠는데.

해빈과 재언은 뒤로 물러섰다. 성능이 뛰어난 번역기는 숙소에 있었고 휴대폰을 꺼내기는 번거로웠다. 노인은 자신들보다 더 취하고 피로해 보였다. 해빈과 재언은 노인에게 어정쩡하게 인사하고 가던 방향으로 발을 뗐다.

한국과 모로코의 4강전이 열리는 날은 모처럼 날씨가 맑았다. 해빈은 캐리어를 뒤져 약통을 꺼냈다. 잊고 있던 멀티비타민이었다. 한 정에서 세 정까지 복용 가능하다는 문구를 읽은 해빈은 입에 비타민 세 알을 털어 넣었다.

숙소 로비는 벌써 시끌시끌했다. 응원단장과 대표는 북을 매고 있었다. 설마 저걸 챙겨 온 걸까. 어디서 빌리기라도 한 걸까. 해빈은 한복을 입혀주려는 사람에게 미리 준비한 말을 꺼냈다.

"더워서요. 저 안에 빨간 티 입었어요."

다행히 실랑이는 벌어지지 않았다. 숙소 입구에 선 응원단장이 북을 치기 시작하면서 대열이 일제히 정비되었다. 해빈이 대표 옆에 붙어 섰다.

"재언 씨는요? 안 나와요?"

"밤부터 끙끙 앓던데. 나 참, 4강전을 코앞에서 놓치고 말이야. 나 같으면 기어서라도 가겠다."

응원단장이 쉰 목소리로 아리랑을 불렀다. 대표와 단원들이 노래를 따라 불렀다. 숙소 건물을 올려다보던 해빈은 입을 다물고 무리 끝에 섰다.

8강전의 열기는 훈풍에 가까운 셈이었다. 4강전이 열리는 경기장은 고대의 콜로세움 같았다. 자신과 상관없는 누군가가 죽어갈 때 기뻐했던 사람들이 있던 장소 말이다. 해빈은 얼얼한 손목을 떨어냈다. 주먹을 너무 세게 쥐고 있던 탓이었다.

"대피해주십시오. 전에 없이 위험한 열기입니다."

잠에서 깬 세입자가 말했다. 해빈이 주변을 둘러봤다. 자리 오른쪽 끝엔 대표가, 자리 왼쪽 끝엔 응원단장이 있었다. 차마 응원단장 쪽으로 나갈 순 없었다. 아랫입술을 깨문 해빈이 대표 쪽으로 걸음을 뗀 순간, 관중 모두가 입을 벌렸다. 한 골, 두 골. 순식간에 모로코가 득점을 이어나갔다. 후반 7분, 8분에 벌어진 격차였다. 공을 막지 못한 한국 골키퍼가 얼굴을 감싸 쥐었다.

"괜찮아! 괜찮아!"

누가 먼저랄 것도 없이 구호가 튀어나왔다.

"대—한민국! 대—한민국!"

해빈은 관자놀이를 세게 눌렀다. 그러자 머릿속에서 뭔가가 뚝 부러지는 느낌이 들었다. 해빈은 시공간이 멈춘 듯한 광경에 움찔했다. 멈춘 듯한 기분이 아니었다. 관중의 동작이 정말 미동 없이 멈춰 있었다. 귓속의 세입자가 말했다.

"나도 당신도 매우 유독한 영역 안에 있었습니다. 이성과 합리가 전혀 없는 환경이었습니다."

"그래서 이렇게 만든 거예요? 여길 진짜로 얼린 거냐고요?"

군중 틈에서 빠져나온 해빈은 계단을 따라 내려갔다. 멀리 허공에 뜬 공이 보였다. 해빈은 펜스를 넘어 경기장 안에 들어섰다. 모로코 선수는 허공에 높이 떠 있었다. 옆의 한국 선수는 그보다 낮게 떠 있었다. 해빈은 안면 근육이 비틀린 선수들을 가만히 쳐다봤다. 혀 아래 침이 길게 늘어나 있었다. 두 사람은 늙고 지친 말 같았다. 이마, 목, 배, 허벅지, 종아리. 신체의 모든 혈관이 금방이라도 터질 듯했다. 이게 뭐라고. 이게 다 뭐라고. 왜 이렇게까지 몸과 마음을 전부 쓰는 건데. 해빈은 몸을 틀어 관중들을 찬찬히 바라봤다. 끔찍한 옷과 가발을 걸친 그들을 여전히 이해할 수 없었다. 사람들은 해맑고 어리석어 보였다. 구제할 길 없이 엉망진창이었다.

"인간은 지성체가 아니에요. 사람은 사람을 가까이에서 보고 만져야 살아갈 수 있어요. 죽기 전까지 그렇게 살아요."

해빈은 재언의 말을, 그 말을 꺼냈을 때 재언의 옆모습을 떠올렸다. 조금 절실했나. 조금 쓸쓸했나. 한 발, 두 발. 해빈은 천천히 경기장을 돌기 시작했다.

"열기는 주변으로 퍼지면서 많은 걸 오염시킵니다. 헤아릴 수 없이 많은 걸 파괴합니다."

해빈의 귀에서 내내 뿌연 빛이 새어 나왔다. 귓불은 점점 차가워졌다. 소음이 사라진 돔은 쾌적했다. 조화와 균형이 영영 깨지지 않는 공간이었다. 하지만 조화와 균형을 이런 식으로 맞출 순 없었다. 사람들이 싫었지만, 움직이지 않는 사람들을 보는 건 더 싫었다. 해빈은 걸음을 멈추고 물었다.

"주변을 다 더럽히고 망치는 게 인간이라면요. 평생 쓸데없는 것에 휘둘리면서, 죽기 전까지 이렇게 살아 있는 게 인간이라면요."

귓속의 세입자는 답이 없었다. 해빈은 경기장을 빠져나갔다. 문을 나서자 곧 군중들의 고함이 터져 나왔다. 경기가 12분 31초 동안 멈췄다는 걸 아는 사람은 아무도 없었다.

지하철역을 향해 걷던 해빈은 약국에 들어섰다. 숙소에 도착하면 재언에게 감기약과 멀티 비타민을 챙겨 줄 생각이었다. 부드러운 스웨터와 허술한 용 인형을 칭찬하고, 오래된 와인 맛이 훌륭했다는 말도 꺼내야 한다. 이모에게 줄 선물도 잊으면 곤란하다. 해빈이 지하철 개찰구를 막 통과하려고 할 때, 세입자의 목소리가 들렸다.

"한동안 머무를 수 있어 고마웠습니다. 그리고 반가웠습니다."

해빈이 대구할 틈도 없이 귀에서 물방울이 톡 떨어졌다. 자리에 멈춰 선 해빈은 검지에 묻어 나온 살얼음을 숨죽여 들여다봤다. 손끝의 얼음 파편은 금방 녹아 흐르기 시작했다. 경기가 끝났는지 역사 곳곳에서 함성이 들렸다. 개찰구 뒤의 승객 하나가 해빈이 앞서 나가길 잠자코 기다렸다.

# 차가운 파수꾼

연여름

이 문 너머는 겨울이다.

노이는 점퍼 깃을 고쳐 세우고 털모자도 좀더 당겨 내렸다. 문을 열기 전 주변을 살폈다. 늦은 밤, 버려지다시피 한 지하 2층 보일러실 입구에서 누군가를 마주칠 확률은 거의 없지만 습관처럼 한번 둘러보게 된다.

덥다는 말로는 부족한 찜통에 들어앉은 기분이다. 옷 속에 맺혀 있다 굴러떨어지는 땀방울이 고스란히 느껴지고 내쉬는 숨은 푹푹하다. 열대야에 어울리지 않는 옷차림 때문이지만 노이는 곧 계절을 건널 예정이다. 평년보다 더 뜨거워진 초여름에서 겨울로. 지상의 계절이 몇 달에 한 번씩 변해도 이곳 지하 2층만은 늘 겨울이므로, 곧 점퍼와 모자가 고마워질 것이다.

뻑뻑한 문을 요령껏 당겨 열자 안에 고여 있던 냉기가 쏟아졌다. 잠시간은 시원했지만, 문을 다시 잘 봉하자 영하의 온도에 곧 몸서리가 쳐졌다.

암흑 속에서도 관성에 의지하며 노이는 '선샤인'을 향해 전진했다. 그야말로 차디차고 냉담한 존재에게 그런 엉뚱한 이름을 붙인 건 이제 세상에 없는 이모였다. '선샤인'한테 다녀올게, 오늘은 '선샤인'이 잠들어 있어서 얘기는 못 나눴어, 오늘은 '선샤인' 기분이 좋네 같은 말을 주고받던 유일한 사람이었다.

어둠을 가로질러 얼마나 걸었을까. 어느덧 땀은 흔적도 없이 식었고 더웠던 숨은 창백한 입김으로 변했다. 온통 눈꽃으로 덮여 반짝이는 지하 벽면은 오랫동안 내뱉어진 입김이 겹겹이 얼어붙은 흔적이었다.

희미하게 뻗은 손전등 빛에 안개 같은 노이의 날숨이 겹쳤다 사라지기를 반복했다. 어둡고 좁은 시야에 허락된 유일한 풍경이라 그리 좋지 않은 시력으로도 잘 보일 수밖에 없었다.

그때였다. 다른 방향에서 이쪽으로 밀려오는 하얀 김의 희미한 끝자락이 어렴풋이 보인 것은. 노이는 걸음을 우뚝 멈췄다. 입김은 살아 있는 존재의 것. 여기에 누군가 있다. 놀라서 몸이 굳었으나 서둘러 정신을 차렸다. 방향은 왼쪽이었다. 손전등으로 그쪽을 겨냥했다.

"여기 이상해. 냉장고도 아니고."

이번엔 입김에 낯익은 목소리가 함께 실려 왔다. 고철로 만든 커다란 보일러 아래 사람이 보였다.

"이제트?"

곧장 점퍼부터 벗었다. 겨우 얇은 티셔츠 한 장으로 이 지독한 냉기를 얼마나 버티고 있었던 것인지. 의식이 몽롱해 보였다. 오늘 밤에 떠난다더니 여기 왜, 어떻게 들어왔는지와 같은 질문은 제쳐두고 노이는 그를 책망했다.

"제정신이야? 이런 차림으로······"

물론 이제트는 여기 이런 말도 안 되는 추위가 기다리고 있다는 사실을 전혀 몰랐을 거다. 처음엔 이상하리만치 시원하다며 폭염으로부터의 해방감을 잠시 만끽하다 이내 어둠 속에서 방향을 잃고 후회했을 것이다. 반가운 서늘함은 잠시뿐, 너무 춥다고. 뭔가 잘못됐다고. 가져온 조명도 없는 것 같았다.

노이는 점퍼를 그에게 꿰어 입히고 털모자도 양보했다. 귓바퀴가 얼얼해졌다. 장갑마저 내줄 수는 없어서 점퍼 소매를 죽 잡아당겨 이제트의 손을 덮었다. 다이얼 온도계를 꺼내 바늘이 가리키는 숫자를 확인했다. 영하 19도. 체감온도는 당연히 더 낮다. 그나마 선샤인의 방에서 약간 떨어진 거리라 이 정도다.

노이는 이제트를 들쳐 업었다. 도톰한 스웨터 안에 내의까지 받쳐 입었는데도 속절없이 한기가 밀려들었다. 이대로 선샤인에게 갈 수는 없었다. 먼저 이제트부터 바깥으로 내보내야 했다.

이제트의 표현은 틀렸다. 여긴 냉장고가 아닌 냉동고다. 아파트에는 꼭 필요한 장치이지만, 무방비인 육신에는 위험하기 그지없는 냉동고.

서둘러야 했다. 둘 다 여기서 얼음덩어리가 되지 않으려면.


"거기. 그래, B동 9호."

이쪽 주소지를 부르는 소리에 고개를 들었다. 맞은편 건물인 C동 9호의 베란다였다.

수십 년 전 인근 발전소 근로자들을 위한 사택으로 급히 지어진 아파트 단지는 사려 깊지 못한 설계로 건물 간 간격이 좁은 탓에 베란다 창을 열어두면 옆 동 거실이 훤히 보였다.

노이보다 한 뼘 정도 작은 키에 냉랭한 인상의 낯선 남자가 절뚝거리며 베란다로 걸어 나와 담배를 피우고 있었다.

지난해 여름밤, 이제트와의 첫 만남이었다.

C동 9호는 자신의 특별한 주문이 아파트를 수호한다고 주장하는 자칭 주술사의 집이었다. 그를 주술사로 인정하든 아니든 편의상 다들 그렇게 불렀다. 그 집에서 담배 연기가 피어오르는 것은 처음이었다. 담배는 상당히 귀한 물건이었다.

"이웃끼리 인사는 하고 지내자고. 나는 이제트야."

그가 손을 들어 보이며 말했다. 자기 덕분에 아파트가 안전한 거라며 주민들의 배급 식량을 세금처럼 뜯어내는 주술사네에 나타난 낯선 사람을 이웃이라고 부를 마음은 없었다. 하지만 아파트 단지에서 스무 살 남짓한 또래를 보는 일은 정말이지 오랜만이라 내심 신기하기도 했다. 상대도 그런 듯했다. 그래도 경계를 풀지 않으며 노이는 어색하게 고개만 까딱해 보였다.

세상은 뜨거워졌지만 사람들은 반대로 차가워졌다. 타인을 믿기 어려운 세상에서는 그렇게 하지 않으면 마음을 붙들고 살기 어려웠다.

최근 근처 마을에서 있었던 붕괴 이후, 폐허나 다름없는 이곳에도 낯선 이들이 유입됐다. 다 잃고 목숨만 건진 사람들이 친인척이나 지인의 신세를 지는 경우가 많았고, 노이는 주술사 집에 나타난 남자도 그중 하나일 거라고 생각했다.

발전소는 이미 십수 년 전 폐쇄되었고, 아파트는 미래가 없던 사람들을 위한 임대주택이 되었다가 지금은 붕괴 위험지역으로 분류되었다. 누가 죽어서 나가든 살아서 들어오든 관리하는 주체는 없었다.

더는 겨울조차도 춥지 않은 나날이 이어지자 이 지역, 영구 동토층이라는 차가운 땅 위에 발을 딛고 있던 건물은 예상치 못한 종말을 맞이하게 되었다. 얼어 있던 땅이 녹으며 건물의 뿌리가 균형을 잃고 무너져 내린 것이다. 처음엔 아래쪽 도시의 이야기였지만 지금은 바로 코앞까지 거리를 좁혀왔다.

붕괴의 위험이 닥치자 연방에서는 배수로를 확장하고 동토층 깊숙한 곳까지 지지대를 보강하는 등의 시도를 했으나 모두 임시방편에 불과했다. 해빙은 천천히 계속되었다. 인간은 자비 없는 자연의 성실함에 미칠 수 없다. 집과 건물은 쓰러졌고 결국 연방은 자발적 퇴거를 권고했다.

언제 집이 무너질지 모를 불안에 떠느니 지반이 안정적인 지역으로 장거리 이주를 감행하는 부류도 있었지만 모두가 그런 선택지를 가진 것은 아니었다. 발전소가 사라진 이후에도 이곳을 떠날 수 없었듯, 그저 살아갈 수밖에 없는 사람이 더 많았다. 노이 역시 마찬가지였다.

"그건 부적이야?"

초면에도 이제트는 스스럼없이 질문했다. 손짓한 방향을 따라 돌아보자 식탁 위에는 선샤인에게 다녀왔을 때 썼던 털모자와 장갑이 놓여 있었다.

"아저씨 왈, 모피나 장갑 같은 방한 용품 따위를 신성하게 모셔두면 그 집은 안 무너진다는 미신 말이야."

"맞아요."

주술사의 그 말을 들을 때마다 속으로는 '웃기지 마. 당신이 아닌 선샤인 덕분인데!'라고 화를 내던 노이였다. 그 마음은 변함없었지만 그만 베란다 창을 닫을 작정이었기에 적당히 대꾸했다. 열기가 짙은 날이라 좀더 열어두고 싶었으나, 누군가 집 안을 들여다보는 일은 달갑지 않았다.

"소용없는 짓이야. 그거."

그런데 이제트는 주술사와는 다른 이야기를 했다.

"나도 해봤거든. 하지만 결국 뭐, 콰르르륵……"

이제트는 입으로 파열음을 흉내 내며 간격을 두고 벌린 두 손을 천천히 내리누르는 시늉을 했다. 손가락 사이에 끼워진 담배에서 오르는 연기가 비극의 효과에 한몫을 거들었다. 미처 문을 닫지 못한 노이는 결국 형식적인 위로를 건넸다.

"다행이에요. 살아남아서."

"글쎄. 여기라고 얼마나 버티겠어."

여기는 선샤인이 있으니 적어도 당분간은 괜찮겠지만, 그가 그 사실을 알 필요는 없었다.

"주술사님이 들으면 섭섭해하겠네요."

그 말에 이제트는 대꾸할 가치도 없다는 듯 미간을 구겼다.

주술사는 이제트의 어머니와 오랫동안 왕래가 없던 이복 남매라고 했다. 지금은 달리 갈 곳이 없어 어쩔 수 없이 머물고 있지만, 붕괴 사고로 오른쪽 다리에 입은 부상이 나으면 머나먼 남쪽의 큰 도시로 이동할 계획이라고 했다.

이제트는 다음 주에도, 그다음 달에도 밤 9시 무렵이면 맞은편 베란다에서 담배를 태우며 노이에게 인사를 건넸다. 어느새 해가 완전히 진 후에야 노이가 베란다 창을 연다는 사실도 눈치챘는지, 언제나 그 시간에 맞춰 나왔다. 노이도 결국 가을이 지나기 전에 그에게 이름을 알려주었다. 오, 좋은 이름이네,라며 그가 노이라고 부르자 누군가 제 이름을 소리 내 불러준 일이 까마득하다는 걸 새삼 깨달았다.

12월에는 이제트의 다리가 꽤 회복되었다. 절룩거림은 그대로 남았으나 통증은 거의 없어졌다고 했다. 이제 목소리는 물론이고 한쪽 발을 살짝 끄는 엇박자의 발소리만으로도 노이는 이제트가 베란다로 나왔음을 알아차릴 수 있었다.

그리고 어느 날, 이제트가 물물교환을 제안했다. 화폐가 절대 가치를 잃고 모든 물자가 빠듯한 요즘 물물교환은 흔한 거래 형태로 노이의 이모도 종종 하던 일이었다. 그러나 혼자 시도했던 첫 교환에서 제 식료품만 모조리 빼앗긴 노이는 모자라면 모자란 대로 없으면 없는 대로 살아가는 데 익숙해져 있었다. 즉 이런 교환은 정말이지 오랜만이었다.

노이는 이제트가 가져온 주스와 자기의 콩을 바꿨다. 미지근한 주스는 놀랄 만큼 달콤하고 맛있었다. 마지막으로 마셔본 게 몇 년 전이라 그 맛을 까마득히 잊고 있었다. 그러나 노이는 주스를 겨우 두 모금 마시곤 뚜껑을 닫았다. 내가 이런 즐거움을 느껴도 되는 걸까라는 생각이 들어서였다. 노이의 삶은 늘 그저 그랬다.

종일 집 안에 틀어박혀 있다가 해가 진 후 베란다 문을 열면, 언제부턴가 이제트는 매일 똑같이 물었다. 오늘 하루는 어땠냐고. 노이의 대답 역시 항상 똑같았다. "그저 그래."

캄캄한 밤이 되어서야 첫인사를 나누고, 그런 재미없는 대답을 할 수밖에 없는 노이 나름의 이유는 있었다. 햇빛을 피해 살아가야 하는 제 운명 때문이었다. 자외선을 조금도 방어하지 못하는 피부 탓에 노이의 하루 절반은 실내에 묶여 있다. 해가 있는 동안엔 창문에 덧문까지 겹쳐 닫은 집 안에만 머물러야 했고, 배급소 역시 야간에만 방문했다. 스무 해 평생을 그렇게 살았다.

하루는 낮에 물물교환을 제안한 이제트에게 그럴 수 없는 이유를 말하자 그는 약간 놀란 것 같았지만 더는 캐묻지 않고 노이의 시간을 존중해주었다.

크리스마스 무렵에는 '그저 그래'보다는 깊은 대화를 했다. 각자의 어린 시절과 더는 세상에 없는 가족 이야기였다. 노이의 유일한 혈육이자 지역 경비대 소속이었던 이모는 2년 전 동료의 집이 붕괴되는 바람에 참변을 당했다. 노이가 임시 구호소에 달려갔을 때는 이미 이모가 눈을 감은 후였다.

이제트는 자신도 이번 붕괴에서 어머니와 동생을 한꺼번에 잃고 유일하게 살아남았다며 이모의 명복을 빌어주었다. 슬픔과 애도가 깊이 깃든 눈이었다. 그러나 이런 대화 역시 교환의 한 형태라고 노이는 생각했다.

이 교환은 배를 부르게 하거나 미각을 즐겁게 하지는 않았다. 그러나 이모가 떠난 후 균열이 일고 뻥 뚫린 마음을 조금은 견고하게 만들어주었다. 마치 이 아파트가 붕괴하지 않도록 붙들고 있는 지하의 선샤인처럼.

그래서 아무렇지 않게 느껴지던, 다음 여름에는 떠날 거라는 그의 다짐이 언제부턴가 다른 타격감으로 다가왔다. 이제트가 먼 도시의 이름을 하나씩 나열할 때마다 노이의 마음 한쪽 끝에는 예정된 쓸쓸함이 점점 커져만 갔다.

새해의 어느 날, 몸살이 나 늦게까지 침대에 웅크려 있던 저녁 이제트가 집으로 찾아왔다. 그리곤 주술사가 어디서 얻어 왔다며 이국의 언어가 적힌 음료수 병을 내밀었다. 교환이 아닌 일방적인 물건은 받을 수 없다고 거절하자 이제트는 자기를 무안하게 하지 말라고 했다. 병문안 선물로 치고 잠자코 받으라고. 이걸 왜 받아야 하느냐고 물으니 그는 어처구니없어하며 대답했다.

"친구니까."

그러나 노이에게는 떠날 날짜를 정해둔 그를 친구라고 부를 용기가 없었다.


"뭘 꾸물대다 이제 오는 거야!"

빙판이 빠르게 갈라지는 소리를 닮은 특유의 발소리가 순식간에 가까워졌다. 철문이 한 번 크게 덜컹거렸다. 이 정도 반응은 예상했기에 노이는 놀라지도 않았다.

노이는 손전등을 입에 물고 배낭을 발밑에 풀기 시작했다. 어두운 공간을 밝혀줄 가장 중요한 배터리. 영하 50도까지도 견디는 고성능에 대용량인 것 두 개를 번갈아 충전해 오고 있다. 그리고 지루한 시간을 보내게 해줄, 이미 날짜가 지나버린 다른 지역의 신문과 읽을거리들.

선샤인이 필요로 하는 물건은 그게 전부고 자선단체가 운영하는 배급소에서 말만 잘하면 구할 수 있는 것들이다. 다만 선샤인은 약속 시간에 대해서는 아주 까다롭다.

"도대체 느려터진 네 녀석 때문에 이틀은 앞을 못 봤다고!"

덜컹이는 문 아래 틈으로 냉기가 피어올랐다. 이쪽도 진저리 나게 춥지만 문 너머의 선샤인 그 자체는 얼마나 싸늘할지 노이는 상상도 할 수 없었고 알고 싶지도 않았다. 문에 맨손을 댄다면 아마 그대로 밀착해 영원히 떨어지지 않을 것은 물론 고통스럽게 흡수될 것만 같았다.

"겨우 세 시간 늦었을 뿐이에요."

하필 여기서 친구를 발견하는 바람에 얼어 죽게 내버려둘 수 없었다는 이유는 생략했다. 오직 전구의 빛에 의지해야만 하는 곳에서 캄캄한 채로 이틀을 보내게 한 건 유감이었다.

"겨우? 내가 여길 떠나서 쓴맛을 봐야 겨우가 무슨 뜻인줄 알겠지!"

선샤인의 화는 누그러지지 않았다. 철문 위로 두꺼운 빙판이 순식간에 덧덮였고 노이는 반걸음 뒤로 물러났다.

어쩐지 떠난다는 소리를 자주 듣는 요즘이었다. 이제트가 떠나면 쓸쓸함 따위 혼자 감내하면 그만이겠지만, 선샤인이 이곳을 벗어나면 지하의 온도는 지상을 따라 급상승할 테고 건물은 머지않아 무너진다.

당연히 바라는 바는 아니지만 노이는 배낭을 마저 비우며 말했다.

"어차피 안 떠날 거잖아요. 그건 당신에게도 위험하니까."

철문이 다시 포효했다. 문을 열어젖히고 나오는 게 아닐까 싶을 정도로 큰 흔들림이었기에 이번에는 노이도 눈을 질끈 감고 말았다.

"웃기지 마. 지금 당장 나가서 널 삼켜버릴 테니!"

"정말요, 선샤인?"

"오, 그 혐오스러운 이름 좀 부르지 말라고 몇 번을 말해!"

분노의 방향은 달라졌으나 아무튼 선샤인은 나오지 않을 것이다. 노이는 선샤인을 실제로 대면한 적이 없었다. 그건 이모 역시 마찬가지였다.

이모의 마지막을 지키지 못했던 노이에게 근처 생존자가 대신 전해준 유언은 '선샤인'이라는 단어였다. 바로 7년 전 이 아파트 지하에 몰래 숨어든 차가운 파수꾼에게 이모가 붙인 이름. 방한 용품 미신과는 반대의 맥락이었다. 이모는 오히려 성질이 반대되는 이름이어야 더 강한 힘을 품는다는 옛말을 고집했다.

'선샤인'은 유언이면서 당부였다. 그를 가장 먼저 발견했던 이모가 혼자 비밀리에 돌봐왔지만 이제부터는 노이 네가 그의 파수꾼이 되어야 한다는 뜻이었다.

지하의 그 존재는 대체 뭐냐고 노이가 처음 물었을 때 이모는 어깨를 으쓱할 따름이었다. 저주받은 마법사든 얼음을 다루는 전설의 요정이든 땅에 떨어진 신이든, 그것도 아니면 외계인이든, 그중 뭐든 상관없다고. 그저 선샤인은 여기를 지키고 자신은 선샤인을 지키며 서로의 파수꾼이 된다면 그걸로 충분하다고.

이모를 잃은 그해 여름, 옷장 깊숙이 처박아두었던 겨울옷으로 몸을 꽁꽁 싸매고 지하 2층의 가장 안쪽까지 처음 내려갔을 때, 선샤인은 문 하나의 거리를 두고 그저 공존해야 할 존재라고 했던 이모의 말을 노이는 비로소 체감했다. 이 땅만은 제발 녹지 않았으면 하고 바라고 또 바라왔으면서 지하로 내려가 맞닥뜨린 혹한은 두려울 정도로 이질적인 것이었다.

만일 그와 대면한다면 삼켜지기도 전에 그 차가운 입김에 먼저 얼어 죽고 말 것이다. 사실 이 비정상적인 차가움의 실체와 대면할 배짱도 없었다.

"넌 도무지 하나부터 열까지 마음에 안 들어, 꼬맹이."

노이는 아무 대꾸도 하지 않았다. 자신을 향한 힐난은 선샤인의 일상이자 오락이라 그리 대수롭지 않았다. 서로의 목소리를 처음 들은 날부터 그랬다. 그때 선샤인은 어둠 속에서 자신을 건져준 노이에게 고마워하기는커녕 너 같은 놈은 마음에 들지 않는다고 했다. 이모의 부고를 전했더니 세찬 입김으로 문을 흔들며 더 큰 분노를 쏟아냈다.

그러나 그의 애도 방식이 어떻든, 노이가 마음에 들든 아니든, 선샤인에게도 선택의 여지는 없었다. 노이가 없으면 다른 파수꾼을 구하지 않는 이상 지하의 어둠 속에 고립이고, 만약 바깥으로 나간다면 이곳은 머지않아 무너지겠지만 그 전에 햇빛에 취약한 선샤인이 먼저 녹아버릴 것이다. 이 아파트에 자리 잡기 전처럼 운 좋게 밤의 그늘로만 어찌어찌 숨어 다니는 삶도 이제는 무리였다.

몇 년 전부터 이모는 선샤인이 아픈 것 같다며 걱정했다. 노이도 어느 정도는 상황을 알고 있었다. 선샤인은 쇠약해지고 있으며 그가 머무는 지하 2층의 온도도 천천히 상승 중이라는 사실을.

이제트를 발견한 지점 역시 작년 여름만 해도 영하 20도 아래였는데 지금은 아니다. 저 안에서 선샤인은 조금씩 약해지는 중이고 얼마나 더 버틸 수 있을지 미지수다.

노이의 꿈속에서 선샤인은 신비한 얼음 공에 봉인된 불꽃이다. 원래는 절대 녹지 않아야 하는 특별한 얼음인데, 그 불꽃이 폭주해 얼음 공이 녹고, 덩달아 아파트까지 붕괴하는 꿈을 노이는 요즘 부쩍 자주 꾼다.

그만큼 불안한데도 노이는 여기를 떠난다는 생각은 한 번도 해본 적 없었다. 이곳을 떠나면 아주 사소한 것 하나도 예측하기가 어려워진다. 그늘이 허락되지 않을 때 태양은 노이를 내버려두지 않을 것이다. 결국 이 아파트에, 어둠과 전등 아래 묶인 처지는 자신도 선샤인과 크게 다르지 않았다. 지하냐 지상이냐의 차이일 뿐.

문을 중간에 두고 매번 으르렁거리면서도 어쩌면 서로를 가장 깊이 이해하고 있는 건 자신과 선샤인 사이일지도 모른다고, 우리는 이 아파트를 빠져나갈 수 없는 얼음덩어리 같은 존재들이라고 노이는 매일 생각한다.

"꼬맹이, 오늘 무슨 일 있어? 담배도 피운 거 같고."

선샤인이 다소 수그러든 목소리로 물었다. 문틈으로 통하는 예민한 호흡으로 점퍼에 밴 냄새를 잘도 맡았다. 세 시간 전 이제트에게 입혔던 옷을 그대로 입고 온 탓이다.

"내가 아니에요. 이제트지."

"누구?"

무심코 나와 버린 이름에 선샤인이 호기심을 보였다. 그간 선샤인에겐 이제트에 대해 말한 적이 없었기에 노이는 잠시 망설였지만 그냥 털어놓기로 했다. 이제트는 어차피 떠날 테니까.

지하 공간은 A동부터 C동까지의 면적을 모두 아우르고 있지만 입구는 B동과 C동 사이의 땅에 따로 나 있는 형태다. 선샤인이 자리를 잡기 전 지하 1층은 저장고, 2층은 보일러실이었는데 보일러는 작동이 필요치 않은 지 이미 오래였고, 낡은 출입구 때문에 안에 갇힌 사람이 한여름에 고온 질식사하는 사고를 두 차례 겪은 뒤론 저주받은 공간이라며 더 이상 누구도 드나들지 않아 버려진 공간이 되었다. 오직 노이만이 밤중에 몰래 선샤인에게 다녀갈 뿐이었다.

이를 알 리 없는 이제트는 지하 1층 계단 아래 그간 제 귀중품을 숨겨왔다. 바로 담배다. 붕괴 현장에서 잔해에 깔려 있던 밀수꾼의 상자를 발견해 챙겨 온 것이었는데, 주술사가 환자이자 식객인 이제트를 순순히 받아준 이유였다. 요즘 세상에 대가 없는 일은 없다.

올해 초 그 사실을 밝히며 이제트는 노이에게 넌지시 물었다. 넌 거기에 뭘 숨겼어?라고. 숨겨둔 담배가 걱정돼 베란다에서 지하 입구를 자주 내려다보다가 네가 드나드는 걸 봤다면서.

노이는 심장이 덜컹 내려앉았지만 표정을 유지하며 귀중품 몇 가지,라고만 해뒀다. 그 아래층에 숨겨둔 존재에 관해서는 당연히 함구했다.

지하 1층은 지상과 온도가 비슷하고, 제 담배를 절도라도 당하지 않는 이상 이제트도 더는 신경 쓰지 않을 줄로 알았다. 그런데 이곳까지 내려와 있으니 놀라지 않을 수 없었다. 선샤인의 존재를 들키지 않았으리라는 법도 없다.

"그럼 나한테도 담배 하나 가져와줘. 모처럼 태우고 싶어졌으니."

선샤인이 웬일로 이쪽 기분을 살펴주나 싶었는데 역시 본심은 다른 데 있었다. 자신과는 반대의 속성에 있는 담배를 원하다니 의외였지만 문제는 그게 아니었다.

"불가능해요. 이제 남은 담배가 없을 테니까."

오늘은 이제트가 손꼽아 기다리던 날이다. 여기를 떠나 머나면 남쪽으로 가는 날. 계절이나 다리의 회복 문제가 아닌 담배가 다 떨어질 즈음을 계산해 맞춘 날일 거라고 노이는 예전부터 짐작했다. 교통편은 배급품을 실어 나르는 야간 기차였다. 온 길을 되짚어 대륙 최남단까지 향하는 기차 화물칸에 몰래 얻어 탈 계획이라고, 거기에 담배를 반 갑이나 썼다고 했다.

"그런데도 불 내음을 잘도 달고 왔네. 거짓말이면 내가 나가서 찾아볼 거야."

다시 문이 흔들렸지만 노이는 꿈쩍 않았다.

"좋을 대로 해요. 밖으로 나오고 지하는 녹고 당신도 녹고 붕괴하고, 좋은 결말이네요."

"이제는 하나부터 열하나까지도 마음에 안 들어, 꼬맹이."

노이 역시 꼬맹이라는 호칭만 해도 좋아한 적 없지만 반박은 생략하기로 했다. 이 추위를 더는 버티기 힘들어서였다.

몇 분 서 있지도 않았는데 이가 빠른 속도로 맞부딪치고 어깨는 금방이라도 뼈가 빠질 것처럼 흔들거렸다. 방전된 배터리를 배낭에 담는 손가락이 굼뜨게만 움직였다. 인간의 초라한 체온은 선샤인의 방에서 뻗어 나오는 포악한 한기를 오래 견디지 못한다. 게다가 이제트의 부재까지 다시 상기하자 체온이 1도는 더 꺼져 내리는 듯했다.

이럴 땐 아무리 폭염이라 해도 바깥 열기가 절실해진다. 나가게 되면 금세 닥쳐올 고통스러운 부작용을 알면서도.

"물건 전부 내려놨어요. 다음 주에 올게요."

"명심해. 한 번만 더 지각하면 그땐 널 집어삼킬 테니."

"먹지도 않으면서, 음식 같은 건."

"하지만 내 저주를 빼다 박은 괴물로 만들어줄 수는 있지."

맹수가 상대를 물어뜯는 이유가 항상 허기 때문은 아니라고 선샤인은 빈정거렸다. 송곳 같은 얼음 가시로 너를 고통스럽게 만들어주겠다며 냉기로 또 문을 덜컹댔다.

"그럼 배터리랑 신문은 누가 갖다줘요."

"필요 없어, 그땐."

무심하게 받아치는 노이에게 선샤인은 모처럼 느긋하게 말했다.

"나는 비로소 안식하고 이 저주는 친히 네 몫이 될 테니까."

"그래요. 어차피 낮에 못 나가는 건 똑같은데 무슨 차이가 있어."

"이 건방진 꼬맹이, 말대답 하고는!"

문이 다시 요란하게 덜컹거렸다. 선샤인의 기운이 아직 위태로울 정도는 아닌 것 같다고 내심 안도하면서 노이는 그 앞을 떠났다.


여름에는 지하에 다녀오고 나면 한동안 고통에 시달린다.

극저온에 있다가 폭염인 지상으로 올라올 때 나타나는 증상이다. 온 피부는 타는 듯 쓰라리고 그 통증이 가라앉을 때까지는 지독한 메슥거림과 현기증이 동반된다. 몸도 제대로 가눠지지 않는다.

현관을 열고 들어오면 두툼한 옷가지는 아무렇게나 벗어 던지고 그대로 침대나 바닥에 쓰러져 기다린다. 통증이 가시고 더위라는 감각이 찾아올 때까지. 짧게는 한두 시간 내 끝나기도 하지만 몸 상태에 따라 반나절 이상 시달리거나, 심한 몸살을 앓는 날도 간혹 있다. 그럴 땐 다시는 저 아래로 내려가고 싶지 않은 마음이 며칠은 꺼지지 않는다.

이모가 늘 혼자 지하에 다녀오겠다고 고집을 부린 이유도 그 때문이었다. 두 사람이라고 분담되는 고통도 아니고, 조금이라도 더 건강한 자신이 전담하는 게 낫다는 것이었다.

오늘은 다른 날보다 회복이 더뎠다. 하루 두 번의 지하행이라니 역시 몸에 과부하였다. 이제트가 아니었다면 두 번이나 연달아 갈 필요는 없었는데. 잠시 그를 원망했다.

아침이 밝도록 도무지 기운이 차려지지 않아 노이는 그대로 꼬박 하루를 바닥에 누워 있었다. 덧문까지 꼼꼼히 닫힌 문틈의 세미한 빛을 보며 빨리 해가 졌으면 좋겠다고 생각했다. 해가 지고 나면 그것만으로 몸도 마음도 조금은 편안해질 것 같았다.

설핏 잠든 사이 이제트를 들쳐 업고 지하를 나오는 꿈을 꾸었다. 꿈인데도 지독한 추위와 무게는 생생하기만 했다. 겨우 밖으로 나오자 한낮이었고, 입고 있던 옷은 반소매로 변해 있었다. 눈을 뜨기 힘들고 피부는 따끔거렸다. 꿈에서도 햇빛과는 맞설 수가 없다.

"노이. 노이 이켈레. 안 죽었으면 눈 좀 떠봐."

눈이 부셔서 뜰 수가 없는데 무슨 소리야. 꿈에서 중얼거리면서도 노이는 눈꺼풀을 열었다.

바라던 캄캄함 속에 이제트의 얼굴이 보였다. 꿈처럼 한낮의 바깥이 아닌, 밤이 된 어두운 집 안이었다.

"……뭐야. 너 왜 아직 있어?"

노이가 물었다.

"무슨 말이 그래, 섭섭하게."

"기차는?"

"몸이 얼마나 욱신거리는지 움직일 수가 있나. 감기도 걸린 거 같고. 그나저나 넌 괜찮은 거야?"

아니나 다를까 코 훌쩍이는 소리다. 그런 차림으로 지하에 있다 왔으니 당연하다. 노이의 몸 상태도 괜찮진 않았다.

지난밤, 이제트를 지상으로 옮기고 의식이 명료해지는 걸 확인하자마자 곧장 주술사에게 데려다주었다. 야간 배급소로 가던 중 더위를 먹은 거라고 적당히 둘러댔는데, 요즘 담배 협상이 원활하지 않았는지 주술사의 표정은 불청객을 보는 듯했다. 이제트가 더 이상 환영받는 존재는 아닌 게 분명했고, 그런 상황이라면 더더욱 기력을 찾자마자 기차를 타러 갔을 줄로 알았다.

기차는 배급소와 멀지 않은 곳, 여기서 도보 두 시간 정도 떨어진 곳에 매주 한 번 반나절을 머문다. 이른 오전에라도 서둘렀다면 탈 수 있었을 텐데 이제트는 그러지 않은 것이다. 혼자서 수없이 작별을 연습했던 노이는 좀 허탈했다.

그러나 선샤인의 한기에서 벗어난 후 얼마간 겪어야 하는 고통은 노이도 충분히 이해했다. 이대로 하루는 더 누워 있고 싶은 본능을 힘겹게 누르고 그만 천천히 몸을 일으켰다. 내내 닫혀 있던 베란다를 열고 싶었다. 창을 열자 열기 짙은 바람이 집 안에 밀려들었다. 그래도 숨은 조금 돌았다.

그때 이제트가 가만히 물었다.

"그만 솔직히 알려주지 그래."

"뭘."

"지하에 있는 네 귀중품. 정확히는 지하 2층."

주술사에게 지어낸 핑계로 적당히 넘어가고자 하는 의지는 충분히 전했다고 생각했는데, 이제트는 그러고 싶지 않은 모양이었다.

"저렇게 꽝꽝 얼어 있는 거, 아저씨가 모피 코트 걸어두고 읊는 주문 때문은 아닐 거잖아?"

"이제트, 너 설마……"

"걱정 마. 아무 말도 안 했으니까."

일단락 지으면서도 이제트는 재촉했다.

"지하에 뭐가 있는지도 모르고, 저주 썩은 공간이라고 근처에도 못 가면서 모든 게 자기 주문 덕분이라고 우기다니. 그건 열받지만 그거야 어쨌든, 네가 비밀로 하고 있다면 이유가 있을 테니까."

"그걸 알면서 잘도 뒤를 밟았네."

"걱정한 거야."

"무슨 걱정."

"일주일에 한 번 한밤중에 어딘가 다녀오면 멀쩡하던 애가
왜 앓아눕는지."

"……"

"나 그 정도는 알아도 되잖아?"

친구란 그런 것일지도 모른다. 각자 제 안위만 지키기 급
급한 때 예민한 관찰력을 기울이게 하는. 그렇게 때때로 뜬
금없이 몸살을 앓는 것도 알았을 테고, 늦은 밤 일정 시간 집
을 비운다는 사실도 눈치챘을 거다.

"그만 가. 쉴래. 이제는 얼마나 욱신거리는지도 잘 알 테니."

다시 못 볼 줄 알았던 이제트가 아직 남아 있다는 사실이
반갑고 염려해준 마음에 콧잔등이 시큰해졌으면서도 입술
밖으로 나가는 말은 어쩐지 차갑기만 했다. 이제트는 개의치
않았다.

"그러지 말고 좀."

"왜. 뭘 숨겼는지 알면 떠날 생각을 접기라도 하려고?"

"오. 그것도 괜찮겠네."

대답을 쉬이 내주지 않자 심술 묻은 대꾸가 돌아왔다. 노
이는 긴 한숨을 뱉었다.

"그러지 마. 네 말처럼 여기도 그리 오래는 못 버텨. 다음
기차는 놓치지 말고 타."

"그건 또 무슨 말이야."

"선샤인이 아파서…… 아니, 진짜 주술사도 이제는 수명이 다한 것 같으니까."

무심코 이름을 말해버리고 말았다. 그래서 귀찮은 질문 공세에 시달릴 줄 알았는데, 이제트는 무슨 생각을 하는지 침묵을 지키다가 이렇게 말했다.

"그럼 너도 같이 가."

"뭐?"

"네가 싫어할까 봐 그간 말 안 했는데, 까짓것 같이 가. 남쪽으로."

이제트의 말처럼 그건 노이가 듣고 싶지 않은 말이었다. 대답은 정해져 있으니까. 그리고 어쩌면 '겨우 세 시간'에 분노했던 선샤인과 같은 마음이기도 하다. '까짓것'이라니. 어떻게 그게 '까짓것'이지. 피부가 암세포로 병들고 시력에 치명적인 손상을 입을 각오가 필요한 일이다.

하지만 이제트에게 화를 낼 일이 아니라는 것도, 햇빛 아래 자유롭게 움직일 수 있는 그를 시기해봐야 달라질 게 하나 없다는 것도 노이는 잘 알았다.

"안 되는 거 알잖아."

"방법을 찾으면 돼. 최대한 도울게. 햇빛에 닿지 않게."

이런 시대에 그런 약속은 연약하기 그지없다. 가능하다 해도 이제트를 제 파수꾼으로 삼을 생각 또한 없었다. 그런 건 여기 하나로 족하다.

방법을 찾으면 돼. 최대한 도울게. 햇빛에 닿지 않게.

그 선언은 자신이 선샤인에게 지켜야 할 약속이기도 했다. 선샤인을 두고 갈 수도 없다.

"난 안 가."

"선샤인인지 주술사인지 수명은 다했다며. 그럼 이제 어쩔 작정인데?"

"일단 주민들에겐 차근차근 설명해야겠지. 그만 퇴거하라고. 믿어줄지 모르겠지만 말이야. 특히 너네 아저씨."

"네가 어떻게 할지 묻는 거야!"

답답한 얼굴의 이제트에게 노이는 느지막하게 대답했다.

"담배나 하나 줘. 그게 날 돕는 거야."


"네가 오늘 하루를 무사히 지냈다면, 노이. 너는 벌써 그걸로 나를 도운 거야."

지하를 다녀오면 동통에 시달리며 기진맥진하면서도 이모는 언제나 그렇게 말했다. 아직 열세 살이던 노이에겐 이모가 고통스러워하는 모습이 두려움 그 자체였기에, 그런 말은 전혀 위안이 되지 않았다.

선샤인이 싫었다. 집의 안전과 이모의 고통을 맞바꾸다니 불공평했다.

"이모 말고 다른 사람이 해도 되잖아!"

"그럴 수도 있겠지만…… 그럼 선샤인이 여기서 오래 못 지낼 거야."

이모는 이게 최선이라 했다. 선샤인은 한 세기에 걸쳐 여러 이름으로 살다 많은 곡절을 거친 끝에 이곳에 당도했다. 그의 힘을 두려워하거나 탐하는 인간들 사이를 떠도는 삶에 완전히 지친 상태였다고 했다.

지하 2층은 그가 이곳에 자리 잡은 후 천천히 공들여 완성한 차가운 버팀대다. 만약 선샤인이 은신처를 옮기면 바깥의 열기로부터 자신을 지킬 얼음의 뿌리를 처음부터 만들어야 한다. 이미 한번 플러그가 빠져서 상온이 된 냉장고를 다시 차갑게 만드는 것과 동일한 이치다.

그러나 건물 세 개를 지탱하고 있는 땅의 면적은 냉장고에 비할 바가 아니다. 은신처를 새로 단장하기 위해서는 막대한 힘이 필요하고 그 과정에는 상당한 고통이 따른다. 선샤인의 표현을 빌리자면 심장을 송곳으로 내리찍는 고통에 비견된다고 했다. 그리고 7년 전 선샤인은 그 일을 다시 반복하기엔 이제 제 힘이 예전만큼 충분하지 않음을 자각했고, 마지막으로 택한 곳이 여기였다.

선샤인은 이모에게 약속했다. 나를 조용히 지켜준다면 자신이 이 땅만은 지켜주겠다고. 시작은 나름대로의 물물교환이었다. 비밀과 안전.

이제는 선샤인이라는 아이러니한 이름을 가진 지하의 이 겨울이 이모를 함께 추억할 수 있는 유일한 존재라는 게 노이는 이 추위보다 더 비현실적으로 느껴졌다.

"웬일이야, 꼬맹이? 오늘은 알아서 비위를 다 맞춰주고."

피울 줄도 모르는 담배에 불을 붙여두고 노이는 철문 앞에 앉아 있었다. 선샤인은 자기가 직접 피울 방법은 없다면서 노이에게 대신 연기를 내달라고 했다. 오랜만에 불 내음을 맡고 싶다면서. 담뱃불은 자신을 해치지 않는 간지럽고도 기분 좋은 불이라고 했다.

"운 좋게 하나 얻었을 뿐이에요."

"불가능한 운 아니었어?"

"불가능했으니까 운이죠."

"말장난은."

불이 꺼지지 않도록 필터를 한 번씩 빨아들일 때마다 기침이 났다. 그래도 나름대로 불이라고 공기를 조금은 데워주지 않을까 했는데 그렇진 않았다. 어둠 속에서 반짝이는 연약한 빛과 탁한 연기일 뿐이다. 혹한도 어둠도 여전하다.

"이제트란 녀석이 다녀갔어."

문 뒤에서 연기를 음미하던 선샤인이 불쑥 꺼낸 말에, 바닥만 내려다보고 있던 노이는 고개를 들었다. 철문 위로 얇은 층의 얼음 결정이 진하게 맺혔다가 희미해지기를 반복했다. 선샤인이 문 바로 뒤에서 호흡하고 있는 것이다.

"매일 하루에도 몇 번씩 찾아와 날 귀찮게 하는데 말이야. 진짜 친구라면 말리는 게 좋지 않겠어?"

"여길요? 매일 온다고요?"

"응. 낮에. 오늘도 세 번. 얼마나 건장한지는 몰라도 계속 이러다간 몸이 안 남아날 거야. 아무리 둘둘 감고 온다 한들."

이제트는 건장과는 거리가 멀다. 노이보다 키도 체구도

작다.

지난 일주일 넘게 베란다에는 코빼기도 안 보였고 집으로 찾아오지도 않았다. 선샤인의 수명이 위태롭다는 것도 말했고, 함께 떠나는 일도 없음을 분명히 밝혔으니 이번엔 당연히 갔을 줄 알았다.

어차피 담배도 떨어졌을 거다. 담배가 바닥나면 제아무리 뻔뻔한 이제트라도 주술사의 호의에 더 기대긴 어려울 거다. 이해할 수 없다는 탄식이 절로 새어 나왔다.

"……왜 아직도 안 떠나고. 대체 무슨 이야기를 하는 건데요, 둘이?"

"얘 좀 봐. 둘이라니. 떠드는 건 그 녀석 혼자지. 난 어쩔 수 없이 듣고 있을 뿐이라고."

이제트는 이 문 앞에 서서 일장 연설을 늘어놓는다고 했다. 노이가 처음으로 담배를 원했는데 직접 피울 것도 아닐 테고, 그걸 쓸 일이라곤 여기 숨겨둔 선샤인이란 것과 관련 있지 않겠느냐고. 당신 아프다던데, 수명이란 게 있다면 적어도 말은 통하는 뭔가가 아니겠느냐고. 말이 안 되면 어떤 소리라도 내보라며 채근한다고 한다. 목소리가 으드드 떨리다 못해 맹추위에 지쳐 제 발로 나가떨어지기 직전까지. 그러고 나서 발을 끄는 걸음 소리를 내며 몇 시간 뒤에 또 나타난다.

노이는 어이가 없었다.

"뭘 바라는 건데요."

"방법. 내 수명을 늘리는 방법이 있느냐고. 자긴 훔친 담배로 호의를 사서 수명을 늘렸는데, 내게도 그런 타산이 있지 않으냐고. 알려주면 뭐든 구해보겠다나. 아무튼 얼마나 시끄러운지."

"무모하긴. 방법 같은 게 어디 있다고."

선샤인은 침묵했다. 문 뒤에서는 빙판이 얇게 갈라지는 소리만 오른쪽으로 한 번 왼쪽으로 한 번 차례로 오갈 뿐이었다. 노이는 재차 다짐을 받아냈다.

"한마디도 섞지 마요, 선샤인. 그 전에 내가 다신 못 내려오게 하겠지만."

그때 그르릉 하는 소리가 울렸다. 선샤인이 화를 낼 때 문을 흔드는 것과는 다른, 먼 곳에서 전해져 오는 진동이었다. 그저 소리일 뿐이라 몸이 흔들리는 감각은 없었지만, 이미 추위에 경직된 노이의 등줄기가 한 겹 더 서늘해졌다.

반사적으로 온도계를 꺼냈다. 선샤인의 방문 바로 앞인데도 바늘은 이전보다 좀더 우측으로 기울어 영하 17도를 가리키고 있었다. 지상의 폭염이 지하의 겨울을 조금씩 빼앗고 있다.

담뱃불은 거의 꺼져가는 중이었다. 노이는 문을 향해 물었다.

"괜찮아요, 선샤인?"

"나한테 할 질문은 아니잖아, 꼬맹아."

"뭐가요."

"너도 그만 여기를 떠나는 게 좋을 거야. 여름이 끝나기 전엔."

선샤인의 목소리는 차분했다. 싫었다. 잠들어 있지 않은 이상, 화를 내고 심술을 부리는 선샤인이어야 마음이 편했다. 영원한 어둠에 갇힌 차가운 파수꾼이라는 운명에게도 그 정도의 권리는 있으니까.

"내 일은 내가 알아서 해요."

"너 아까 그랬지? 이제트라는 녀석, 대체 왜 안 떠나는 거냐고."

"……"

"그것도 네가 할 말은 아닌 것 같네, 노이 이켈레."

"갈래요. 얼어 죽겠어요."

좀더 견딜 수 있는 추위였지만 노이는 담배꽁초를 밟아 짓이기며 문 앞에서 일어났다.


보통 때라면 노이에게 아침은 문을 전부 끌어 닫고 잠자리로 파고들 시간이지만, 오늘은 지하에 다녀온 후 생각이 길어지는 바람에 정오가 지나도록 잠들지 못했다.

해가 사라지면 당장 이제트를 찾아가 어리석은 짓은 그만두고 네 갈 길을 가라고, 분명히 매듭을 짓겠다는 생각뿐이었다. 네 능력 밖의 일이니 잊어버리라고.

교환이란 언제나 만족스러운 형태로 이루어지진 않는다. 일방적으로 빼앗기기만 할 때도, 예상치 못한 덤을 얻을 때도 있으나, 성립 자체가 불가능한 때도 있는 법이다.

어떤 것은 가고, 어떤 것은 온다. 그렇게 머물다 사라짐을 반복할 뿐이다. 이제트도 그걸 받아들여야 할 거다.

2시 무렵 창밖이 소란해졌다. 어느 집인지 물물교환 과정이 순조롭지 않은 모양이었다. 이곳에서 큰소리가 난다면 십중팔구는 그 이유였다.

물건을 내놓으라는 둥, 도둑놈의 자식이라는 둥. 한 사람의 일방적인 윽박지르기가 계속됐다. 등가가 안 맞는 물건을 가지고 나가기라도 한 걸까. 아니면 사기를 치려다 덜미라도 잡힌 걸까. 자리에 누워 가만히 듣고 있는데 어느 순간 "아니라니까"라고 하는 익숙한 목소리가 섞여 들어왔다.

노이는 감고 있던 눈꺼풀을 열었다. 이 아파트에서, 그것도 지상에서 자신이 목소리를 기억하고 있을 존재는 단 하나뿐이었기 때문이다. 창문은 열 수 없지만 굳이 눈으로 확인하지 않아도 알았다.

그 목소리는 윽박지르는 쪽이 아닌 저항하는 쪽이었다. 도둑질이 아니라고 반박하는 목소리에는 고통스러워하는 신음이 묻어 있었다.

노이는 당장 자리에서 일어나 문을 열고 달려 나갔다. 계단을 따라 1층에 도달하고 나서야, 노이는 자신이 맑고 뜨거운 낮의 권위 아래 다 드러난 얼굴과 팔다리로 무방비하게 서 있음을 깨달았다. 그래도 길게 생각할 여유가 없었다.

한낮의 열기로 달궈진 앞마당에 이제트가 웅크린 채 쓰러져 있었다. 얼굴 한쪽은 부어 터져 있었고, 이 땡볕과 폭염에 어울리지 않는 긴소매 위로 신발 자국이 여기저기 도장처럼 찍혀 있었다. 씩씩대며 그를 내려다보는 주술사의 손에는 모피 코트가 들려 있었다. 이제트에게서 막 벗겨낸 것 같았다.

아마도 선샤인에게 다녀온 직후인 듯했다. 주술사는 도둑 놈의 새끼라며 발길질을 멈추지 않았다. 저렇게 하지 않아도 지금 이제트는 온도 차의 후유증만으로도 고통스러울 테다.

"그만해요!"

노이는 둘 사이를 가로막으며 섰다. 하필 해를 보는 방향이라 더 눈을 뜨기 힘들었는데도 버틸 수 있는 만큼 주술사를 노려보았다. 주술사는 제 덩치와 비슷한 노이의 등장에 잠시 주춤했지만 이내 다시 큰소리를 쳤다.

"약속한 나머지 담배도 못 내놓는 주제에 신성한 물건에까지 손을 대?"

이제트는 지하의 겨울을 견딜 옷이 필요했을 뿐이었다. 그것을 알 리 없는 주술사는 다시 이제트를 걷어차기 시작했고 노이의 완력으로 밀려난 다음에야 몇 걸음 멀어지더니 저주를 퍼부었다.

"남쪽으로 가다 습지에나 빠져 죽어. 다시는 꼴도 보기 싫으니!"

주술사가 침을 뱉으며 사라지자 노이는 이제트를 부축해 일으켰다. 피부를 뒤덮은 작열감에 자신도 혼이 빠질 것 같았다. 그래도 가진 힘을 다 끌어모아 그를 데리고 집으로 올라온 다음에야 바닥에 고꾸라졌다.

감은 눈이 화끈거리고 목덜미와 팔다리는 말할 것도 없었다. 해는 모두 차단된 어두운 집 안인데도 커다란 태양이 이글대는 제 머리를 바로 앞에서 들이밀고 있는 것만 같았다.

노이가 이토록 충동적으로 낮의 중심에 뛰어드는 일은 지금껏 없었다. 이모의 사고 소식을 들었을 때도 다급하게나마 긴소매 옷에 모자와 장갑, 마스크 정도는 챙겨 떠났다. 그래도 낮이었던 까닭에 결국 왼쪽 시력에 손상을 입었는데, 오늘도 그냥 넘어가지는 못할 것 같았다.

제 몸의 중심조차 제대로 못 잡으면서 이제트는 몸을 일으켜 수건에 물을 듬뿍 적셔 왔다. 미지근한 온도였는데도 타들어가던 뺨과 목에 갖다 대니 조금은 살 것 같았다.

"고마워. 좀 낫네."

"나오지 말았어야지!"

이제트가 분노와 울음을 애써 붙든 소리로 말했다.

"어떡해. 목소리가 들리는걸."

더할 것도 뺄 것도 없는 사실이었다. 그걸 모르는 척할 방법은 없었다.

"그리고 나오지 말라고 하면, 오히려 나갈 수밖에 없는 거야."

가라고 해도 가지 않는 너처럼.

그렇다면 네가 할 수 있는 건 없으니 지하에는 그만 내려가라고 애원해도 소용없으려나. 노이는 열통을 달래주는 미지근한 온기에 의지하며 그런 생각을 했다. 그래서 조금은 못되게 굴기로 했다.

"……그런데 이렇게 두 번은 절대 못 해. 아니, 안 해. 그러니까 그만 여길 떠나."

그때였다. 순간 그르릉 하는 그 소리가 다시 울려왔다. 이번에는 바닥에 등을 대고 누워 있어서 세미하지만 진동도 분명히 전해졌다. 이제트는 느끼지 못했는지 여전히 침울한 얼굴로 발끝만 내려다보고 있었다. 노이는 제가 느낀 것이 착각이었을까 잠깐 헷갈렸지만, 그건 그러길 바라는 마음에 더 가깝다는 걸 곧장 인정했다.

이곳은 안전하지 않다.

"이제트, 네가 선샤인에게 해줄 수 있는 건 없어. 아무것도."

여전히 시야 앞을 아른대는 빛의 잔상 너머 이제트에게 말했다. 모진 말은 역시 못 할 것 같았다.

"하지만 적어도 난 많은 걸 받았잖아, 너한테."

"……"

"가고 싶다던 도시가 그렇게 많았는데, 이제 정말 하나 골라. 그래야 나도 거기에 있는 너를 떠올려볼 수 있으니까. 그 정도 상상력은 나한테도 있거든. 상상은 낮도 밤도 상관없고 말이야. 네 목소리도 발소리도 알고 있으니 더 생생하겠지. 아, 그런데 가기 전에 이것만 새 걸로 바꿔주면 고맙겠지만."

입을 꾹 닫은 이제트에게 물수건을 건네며 일부러 시큰둥하게 말했다. 대답 대신 이제트는 노이가 시키는 대로 했다. 물수건을 몇 번 더 교환하고 나서야 지난밤을 꼬박 지새운 노이에게 수마가 밀려오기 시작했다. 이제야 비로소 잠들 수 있을 것 같았다.

눈을 천천히 슴벅이는 노이의 얼굴을 닦아주면서 이제트는 느지막하게 작은 소리로 뭐라고 말했지만 잠과 피로에 한껏 취한 탓에 노이는 그 말을 기억하지 못했다. 그저 이제는 정말 그가 떠나리라는 것만을, 먼 진동처럼 느꼈을 뿐이다.


"얼어 죽겠네."

선샤인의 방 앞에 당도하자마자 노이는 모자를 깊이 잡아당기며 중얼거렸다. 그래도 보통은 이 앞에서 몇 분 정도는 버티다가 떠날 때쯤에야 터져 나오는 탄식인데, 오늘은 지하 2층 입구부터 온몸이 난도질을 당한 듯했다. 체력이 모자라면 추위는 몇 배로 깊이 파고들기 마련이다.

지난주 겁도 없이 낮에 뛰어들었던 후유증으로 노이는 일주일 내내 큰 통증에 시달렸다. 누군가의 차를 얻어 타 몇 시간은 가야 나타나는 병원에서 진단을 받지 않는 이상, 몸 안에 어떤 불청객이 자리 잡았는지는 물론 알 도리가 없었다. 그저 이전보다 제법 어두워진 왼쪽 눈의 시야와 검붉게 말라붙은 피부 곳곳으로 미루어 보아 이곳도 저곳도 제법 나빠졌을 거라고 짐작만 할 뿐이다.

통증 때문에 주의를 덜 기울여서인지, 아니면 선샤인의 상태가 호전되기라도 한 건지 이번 주에는 진동을 한 번도 느끼지 못했다. 어쩌면 선샤인이 저 아래에서 죽을힘을 다해 애쓴 결과일지도 모르는데 노이도 계속 침대에 누워 있을 수만은 없었다. 파수꾼의 임무는 지키자고 다짐하며 해가 떨어지자마자 야간 배급소로 향했다. 배터리도 충전해야 하고 읽을거리도 얻어야 했다.

도보로 왕복 세 시간이 걸리는 길은 오늘따라 더 쉽지 않았다. 배낭은 유난히 무겁게 느껴졌고 작열감이 가시지 않는 피부는 찢어질 듯 쓰렸다.

"아무리 7월이라지만 바깥은 뼈까지 녹아버릴 것처럼 뜨거워요."

그렇게 고생스럽게 다녀온 이야기를 하는데도 선샤인은 대꾸가 없었다. 잠든 모양이었다. 그러나 이럴 때 노이는 하고 싶은 말들을 오히려 더 편하게 늘어놓곤 했다. 주로 이모를 추억하는 일이었는데, 이제는 추억할 사람이 하나 더 늘어나버렸다.

"조용해져서 좋죠? 시끄러운 이제트도 정말 갔으니까."

그날 이후 이제트는 이틀간 노이의 거동을 도왔고 노이가 깊은 잠에 빠져 있던 사이 자취를 감췄다. 다음 날 조금 편히 움직일 수 있게 되었을 때 옆 동으로 가 직접 확인했다. 그 집에 이제트는 없었다. 주술사는 그가 사라져서 속이 시원하다는 표정이었다.

"잘된 거예요. 걔한텐 남쪽이 더 어울리니까. 이런 얼음 틀에 사는 건 우리 둘로 족하잖아요. 안 그래요?"

선샤인은 일어날 생각이 없는 듯했다. 이 침묵이 왜인지 조금 생경했지만 노이는 아직 제 기운도 다 차리지 못했기에 남 걱정을 할 처지가 아니었다. 오늘은 이 추위에 오래 머물 수 없었다. 가져온 물건들을 얼른 바닥에 내려놓고선, 선샤인이 문밖에 내다 놓았을 배터리를 찾았다.

그런데 배터리가 있어야 할 자리가 비어 있었다. 혹시 눈이 더 어두워져 못 찾는 건가 싶어 근처를 손전등으로 샅샅이 비추며 손으로 더듬어보기까지 했으나 없었다. 비워진 배터리를 가져가야 다음번에 충전해 올 수 있는데. 선샤인이 그걸 잊을 리는 없는데.

"선샤인, 일어나요. 배터리가 안 보이는데, 어디에 뒀어요?"

소리 높여 말하면서 이번에는 손전등으로 문을 비췄다. 순간 아주 야트막한 얼음층이 문 전체를 뒤덮었다가 희미해졌다. 터져 나온 입김이 천천히 흩어져 사라지듯이.

선샤인은 문 바로 뒤에 있다.

지금껏 다른 소리는 전혀 안 들렸는데. 그렇다면 움직이지 않고 내내 거기에 서 있었다는 뜻이다.

어째서 입을 다물고 있는 거지? 나도 모르게 그를 화나게 한 일이라도 있었나? 자문해보아도 노이는 어떤 답도 떠올릴 수 없었다.

이상했다. 이건 평소와는 다른 공기였다.

"선샤인, 거기 있죠? 대답해요. 어디 안 좋아요?"

노이가 문을 한번 탕 두드렸다. 장갑 낀 손으로 하는 노크는 둔탁하기만 했다. 장갑의 섬유가 얼어붙은 문에 들러붙었다가 떨어지며 보풀을 일으켰다.

노이는 온도계를 꺼냈다. 바늘이 가리킨 곳은 영하 32도였다.

"어……?"

오늘따라 추위가 유독 강하게 느껴진 건 상태가 나쁜 몸 탓만은 아니었다. 정말로 기온이 뚝 떨어져 있었다. 며칠간 진동을 전혀 느끼지 않은 이유도 이것 때문이었을까?

잘못 본 게 아닐까 하는 의심에 노이는 침침한 왼쪽 눈은 아예 감아버리고 오른쪽 눈으로만 다시 온도를 확인했다. 영하 32도가 맞다. 노이는 전혀 본 적 없는, 5년 전에나 이모를 통해 들었던 그런 숫자다.

그렇다면 안도해야 할 일인데, 노이에게는 이걸 다행으로 여겨서는 안 된다는 확신이 밀려오기 시작했다. 이건 불가능한 운이다.

"대답해요. 선샤인."

"……."

대화하고 싶은 기분이 아닌데 이 정도로 성가시게 굴었을 때 선샤인은 널 집어삼킬 거라며 온갖 저주를 퍼부어야 마땅하다. 잠들어 있지 않은 선샤인의 침묵은 침묵이 아니다. 어떤 침묵은 세상 어느 긴 말보다 훨씬 거대한 대답이다.

노이는 얼마 전, 제 말 뒤에 머물렀던 그 침묵을 문득 되새기고 말았다.

무모하긴. 방법 같은 게 어디 있다고.

"……대답 좀 해요."

한 번 더 쾅 두드리자 문에 다시 얇은 얼음이 덮였다 사라졌다. 분명히 문 뒤에서 호흡하고 있으면서, 온도를 이만큼 낮아지게 한 방법을 선샤인은 밝히고 싶지 않은 것이다.

아니면, 이 안에 있는 존재가 더 이상 선샤인이 아니거나.

노이는 문에 바짝 다가서서 두 손바닥을 대고 말했다. 입김이 얼어붙은 문의 표면에 부딪혔다.

"제발 대답해."

목소리가 떨리는 건 추위 때문만이 아니다.

"나 그 정도는 알아도 되잖아."

그 수많은 도시 중 하나가 아니라 어째서 이 차디찬 어둠의 저주를 선택했는지. 대답을 듣는다 한들 돌이킬 수 없음을 알면서도, 노이는 물었다.

이윽고 문 너머에서 대답이 들려왔다. 빙판이 갈라지는 듯한 차가운 파수꾼의 걸음 소리였다. 하지만 지난 2년간 들어오던 것과는 달랐다.

세상이 온통 흑야에 잠긴다 해도 노이만은 결코 모를 수 없는, 한쪽 발이 살짝 끌리는 엇박자의 발소리였다.

운조를 위한

천선란

그것이 곤충강에 속하는 생명이라 생각하게 된 것은 몸통이 절단되는 과정을 목격할 때였다. 은빛으로 빛나는 털에 감춰진 단단한 외피와 절단된 단면을 통해 드러난 내골격의 부재不在는 곤충의 것이었다. 적어도 운조가 아는 세상의 법칙이 적용된 곳이라면.

　길이 10미터는 족히 넘을 듯한 창을 지닌, 검은 몸통에 붉은 얼룩이 진 날카로운 존재는 죽은 그것의 몸을 짓밟고 네 발로 유유히 사라졌다. 운조는 땅을 뚫고 올라온 나무뿌리 아래 바짝 엎드려 있었다. 먹지 않은 걸로 보아서는 사냥이 아닌 영역 침범에 대한 벌이었을까. 운조는 주변이 조용해졌을 때 뿌리 밑에서 기어 나와 내장을 쏟아낸 채 죽어 있는 그것에게 다가갔다. 단단한 외피는 두께가 30센티미터쯤 되어 보였다. 운조는 거대한 조형 같은 그것의 몸을 더듬으며 걸었다. 머리, 가슴, 배로 정확히 구분되어 있으며, 입과 턱의 모양새가 흡입형 구기가 아닌 씹는 형태였다. 그렇다고 이 존재가 외시류의 진화 과정이라 단정 지을 순 없었다. 분류하기 위해서는 섬세하고 지속적인 관찰과 분석이 필요했다.

　주변이 순식간에 어두워졌다. 고개를 들자, 마치 하늘 지붕의 한 조각 같은 것이 빠른 속도로 떨어지고 있었다. 운조는 머리를 감싸며 그것 옆에 웅크렸다. 충돌과 파괴를 예상했으나 조각은 사뿐하게 그것의 몸을 덮었다. 은은히 투과하는 햇빛. 하늘 조각은 은은한 청록빛을 띠고 있었으며 가느다란 실선이 거미줄처럼 얽혀 있었다. 잎맥이었다. 나뭇잎은

171

그것의 시체를 덮어주기 위해 떨어진 것만 같았다. 우연이 아닌 의도에 가까울 거라고. 이곳에 도착한 이후로 계속 들려오는 소리는 그 생각에 힘을 실어주었다. 흐르는 것이 아닌 삼키는 소리. 인간이 물을 삼킬 때 내는 것과 흡사한 소리가 나무에서 들려왔다. 뿌리에서 힘껏 빨아 당겨 물관을 타고 나뭇잎까지 향하는 물줄기는 심장의 펌프질처럼 느껴졌으므로, 운조는 살기 위해 무언가를 먹고 있는 나무가 동물처럼 느껴졌다. 이곳의 생물군계는 낯설고 신비로웠지만 그 법칙은 다분히 익숙했다.

운조는 나뭇잎 아래에서 빠져나와 한 걸음 옮겼다. 이곳을 더 둘러볼 생각이었다. 하지만 한 발자국 내딛는 순간 땅이 출렁였다. 눈앞의 세상이 순식간에 뒤집혔다. 넘어지는 순간에도 통증조차 느끼지 못할 정도의 극심한 어지럼증이었다. 한기가 뒤덮이며 식은땀이 났다. 희미해지는 시야로 보인 건 그것의 사체였다. 이렇게 기절한다면 저렇게 죽거나 깔려 죽을 것이다. 운조는 도망가야 한다고, 적어도 아까 숨었던 뿌리 밑으로 기어가야 한다고 되뇌었지만 손가락 하나 까딱할 수 없었다. 운조는 움직이지 못하고 손바닥의 찢긴 상처만 보았다. 어쩌다 이곳에 오게 되었는가. 원인을 찾자면 그날 일어난 모든 일이 미심쩍다. 하지만 그 과정을 톺아보는 것 역시 무의미하게 느껴졌다. 몸에 힘이 점점 빠졌다. 속에서 느껴지던 구토의 기운도 잠잠해졌다. 이곳에서 기절한 채로 죽는 것이 도리어 가장 편한 죽음일지도 모른다.

잠이 들 듯이, 그렇게.

*

그날, 이 일은 살리기 위한 일이 아니라 죽이기 위한 일이라고, 비좁은 축사에 꼼짝도 못 하고 서서 찾아온 이 인간이 자신을 죽이러 온 것인지도 모르고 쳐다보는 암소를 보며 깨달았다. 운조는, 그 순간 모든 걸 느꼈다.

13년 내내 겨울에 비가 내리더니 하필 암소의 목을 베러 온 날에는 눈이 내렸다. 새벽 사이 뚝 떨어진 기온의 공포는 50센티미터 적설량의 형태로 다가왔다. 그 탓에 사람들이 죽었다. 눈에 깔려 죽고, 차에 고립되어 죽고, 지붕이 무너져 죽는 식으로 눈으로 죽을 수 있는 갖은 방법을 다 동원하여 죽었다. 너무 다양하게 죽어 속보를 전하던 아침 뉴스 아나운서는 허탈한 건지 웃긴 건지 옅게 웃음을 터뜨렸다가 허겁지겁 헛기침으로 무마했다. 운조도 다양한 이유로 늦었다. 아나운서의 웃음을 듣고 접시에 따르던 아몬드유를 바닥에 흘려 청소하느라 평소보다 10분 정도 늦게 출발했고, 제설이 되지 않은 도로와 곳곳에서 일어난 사고 탓에 한 시간 동안 집 근처를 벗어나지 못했다. 하지만 길에 갇힌 건 운조만이 아니었다. 늦는다는 직원들의 연락에 휴대폰은 어느 때보다 정신없었다. 다들 자신이 왜 늦는지를 구구절절 적어놓은 장문의 메시지를 남기던 도중 병원장도 늦는다는 메시지가 도착하자 그 억울함과 초조함, 다급함은 순식간에 안도로 뒤바뀌었다. 다들 조심히 오세요. 원장은 오지 말라는 말은 하지 않았다.

길에 갇힌 지 두 시간이 넘었을 무렵, 원장이 운조에게 전화를 걸었다. 오래 걸리니 회사로 들르지 말고 바로 축사로 가라고 했다. 차에 다 있지? 원장이 물었다. 운조는 뒷좌석에 상비된 상자를 백미러로 확인하고 그렇다고 대답했다. 전화를 끊자마자 목적지를 다시 설정했다. 그때부터 운조는 차가 막히는 것이 답답하지 않았다.

운조가 축사에 도착한 시각은 오후 3시였다. 도시의 건물이 무너지고 깨진 것에 반해 쇠 파이프 뼈대에 컨테이너 판자를 걸쳐놓은 축사는 견고했다. 눈이 수북하게 쌓인 축사는 다른 세계처럼 느껴졌다. 운조는 한 손에 상자를 들고 허벅지까지 쌓인 눈을 파헤치며 걸었다. 바지는 축축했고 숨은 등산하는 것처럼 거칠어졌다. 지나가는 차도, 새도, 일하는 사람도 없었다. 숨었거나 삼켜진 걸까. 운조는 세상에 혼자 남은 것처럼 걸었다.

이 암소는 운조가 받았다. 무지개가 뜬 날이어서 '무지'라는 이름도 지어줬다. 무지의 어미는 이미 일곱 번의 출산을 겪은 뒤였다. 운조는 한 번 더 임신하는 것을 반대했지만 축사 주인은 육종가에게 돈을 더 얹어 주며 좋은 송아지를 부탁했다. 그렇게 무지가 생겼다. 10개월을 다 채우지 못하고 운조가 배에서 꺼냈다. 어미의 상태가 좋지 않았고, 운조는

174

사실 무지보다 그 어미를 살리고 싶었지만 주인은 제 역할을 다 마친 어미를 애써 살리려 하지 않았다. 어미는 출산과 동시에 죽었고 무지는 건강하게 자랐다. 세상의 모든 자극에 격렬히 반응하며 뛰어오르는 몸, 긴 속눈썹 아래 반짝이는 검은 눈동자에 비치던 하늘과 운조의 얼굴. 무지는 어미가 있었다는 것도, 그 어미가 무지를 낳자마자 죽었다는 것도 모른 채 태어난 지 이제 13개월이 됐다. 지난달 무지는 검사를 통해 불임 판정을 받았다. 운조가 들고 온 상자 안에는 무지를 영원히 재울 수 있는 약이 들어 있었다.

무지가 제 앞에 선 운조를 알아보는지 축 늘어져 있던 꼬리를 가볍게 탁, 탁 흔들었다. 운조는 더 가까이 다가가지 못하고 열 발자국 떨어진 곳에서 걸음을 멈췄다. 뒤를 돌아보니 운조가 파헤치고 온 길이 선명했다. 길이라고는 오로지 그것뿐인 듯 보였다. 운조가 도망쳐봤자 도착할 곳은 정해져 있었고 운조가 도망쳐봤자 무지는 죽을 것이다. 무지를 죽이지 않기 위해서는 축사에서 무지를 꺼내줘야 할 텐데, 그래봤자 무지는 며칠 지나지 않아 죽을 것이다. 무지를 죽이겠다고 결정한 주인을 죽여도 무지는 운조가 교도소에서 생활하는 도중에 죽을 것이다. 무지를 살리기 위해서는 무지를 죽이려는 모든 가능성을 없애야 한다. 그럼 모든 인간을 죽여야 한다는 결론 하나와 자신이 죽으면 된다는 결론, 두 가지만 남는다. 자신이 죽으면 무지는 죽지 않는다. 적어도 운조가 살아 있는 동안에는.

남 손에 죽을 바에야 그래도 자신을 처음 받아주었던 인간 손에 죽는 게 낫지 않을까, 그런 생각을 했다. 무지를 위한 생각은 아니었다. 오로지 운조, 자신을 위한 말이었다.

이런 식으로 운조는 매번 무언가를 죽일 때마다 다른 인간보다는 자신이 낫다는 오기를 부렸다. 하지만 오기가 아닐지도 모르지. 운조는 일을 시작한 이후로 생명의 숨을 끊는 순간 머뭇거리거나, 눈을 질끈 감거나, 인상을 찌푸린 적이 없었다. 그랬던 적은 태어나서 딱 한 번이었고, 직업을 가지기 훨씬 이전이었다.

바지가 축축하게 젖은 상태로 얼었다. 무릎에 감각이 없었다. 만져보지 않았지만 부어오른 것 같았다. 운조는 마저 걸었다. 걸을 때마다 눈이 쓸리는 소리와 무지의 꼬리가 흔들리는 소리가 겹쳤다.

무지 앞에 서서, 운조는 상자 안에 들어 있던 작은 주사기를 꺼냈다. 운조의 행동을 바라보는 무지의 눈은 이 순간의 풍경과 닮았다. 속눈썹 아래 반짝이던 눈은 이제 검은 물감을 덧댔다. 고작 13개월을 살았지만, 무지는 130년은 산 것 같은 얼굴을 했다. 그 얼굴이 이해 안 되는 바는 아니다. 모를 리가 없지. 고작 열흘을 살았어도 알았을 거다. 자신은 이곳에서 벗어나지 못한다는 것을.

"지겹지."

운조가 무지의 뒷덜미를 어루만지며 주사 놓을 자리를 찾았다.

"나도 그래."

한 방에 주사기를 꽂았다. 안락사 신약이 개발된 이후 많은 동물이 죽었다. 약의 슬로건은 '소량으로, 편안하게'였다. 운조는 자주 이 문장을 곱씹었다. 특히 이렇게 주사용 바늘을 빼기도 전에 무지의 눈이 스르륵 감기는 것을 목격할 때는 더더욱 그랬다.

돌아가는 길은 올 때보다 수월했다. 운조가 만들어놓은 길을 따라 내려가기만 하면 그만이었다. 하지만 다리는 아까보다 더 둔했고, 무릎은 굽혀지지 않았다. 그 탓에 몇 걸음 걷다 그만 고꾸라졌다. 상자가 쏟아져 안에 있던 주사기가 미끄러져 내려갔다. 자리에서 일어나 감각 없는 무릎을 털던 운조는 가랑이 사이로 뒤집힌 세상에 누워 있는 무지를 보았다. 축사 앞에 쌓인 눈이 온통 붉었다. 무지가 쓰러지며 튀어나온 못에 얼굴이 긁혔는데 거기서 쏟아진 피인 듯했다. 하지만 무지는 죽었기에 그 고통을 모른다. 얼마나 다행인가. 따뜻한 피가 무지 주변에 퍼지고 있다. 운조는 한동안 움직이지 않고 그런 무지를 보았다.

늦은 오후가 되어서야 도로가 정상으로 돌아왔다. 원장은 될 수 있으면 병원에 들러 얼굴이라도 보고 가라고 했다. 그 말은 무조건 오라는 뜻이었으므로, 퇴근이 훨씬 지난 시간이었지만 운조는 병원으로 향했다. 첫 끼는 편의점에서 산 당근김밥이었다. 밥은 알알이 흩어졌고 김은 눅눅했으며 당근은 너무 짰다. 운조는 김밥을 입에 밀어 넣었다. 불만은 없었다. 식사는 언제나 이런 식이었다.

데스크의 형광등만 덩그러니 켠 채 원장은 퇴근 준비를 마치고 운조를 기다리고 있었다.

"운조 선생님, 미안. 내가 급하게 가봐야 하는데 지금 우리 환자 한 명이 애 데리고 오고 있대. 급하게. 맡아줄 수 있지? 바빠?"

바쁘지는 않았지만 얼었던 다리에 감각이 돌아오지 않고 있었다. 오는 길에 야간 진료를 보는 병원도 알아본 참이었다. 하지만 원장은 애초에 답을 들을 생각이 없었다는 듯, 그럼 잘 부탁한다며 운조의 어깨를 두드렸다.

"운조 선생님 안 왔으면 정말 난감할 뻔했어. 고마워."

서둘러 출입문으로 향하던 원장이 뒤돌아 물었다.

"참, 소는 잘 죽였지?"

이번에도 대답을 들을 건 아니었는지, 콧잔등을 찌푸리며 웃고는 그대로 나갔다. 운조는 다른 직원의 담요를 무릎에 두르고 데스크 의자에 앉았다. 전기난로를 켰지만 아무리 쬐어도 따뜻해지는 감각이 없었다. 이곳으로 오고 있다는 손님이 조금만 일찍 도착해준다면, 어쩌면 운조에게도 병원에 갈 시간이 생길지도 몰랐다.

하지만 손님은 한 시간가량이 지난 뒤에야 도착했다. 품에는 축 늘어진 검은 고양이가 안겨 있었다. 운조는 저 검은 고양이를 잘 알고 있다. 고양이의 이름은 '메리'. 올해로 17년을 살았다. 메리는 생애 첫 예방주사를 운조에게 맞았고 지

난달 심근비대증을 판정받았다. 노묘였다. 운조는 마음의 준
비를 하라고 말했다. 그렇게 말해봤자 정말로 마음을 준비하
는 보호자는 없지만. 스무 살 때 자취를 시작하며 메리를 데
리고 왔던 보호자도 어느새 그때의 운조보다도 나이가 많아
졌다. 보호자는 오는 내내 운 티가 역력한 얼굴로 메리를, 실
낱같은 숨을 붙들고 있는 메리를 내려놓았다. 지난번 운조는
메리의 상태가 심각해져도 해줄 수 있는 것이 없다고, 그때
는 무리해서 병원에 오지 말고 메리가 편하게 갈 수 있도록
집에서 쉬게 하라는 말을 했었다.

"선생님, 저희 애가요. 곧 죽을 것 같거든요."

"지난번에도 말씀드렸지만……"

"알아요. 아니까요. 그러니까요, 선생님. 우리 애도 냉동해
주세요."

보호자는 다른 선택지를 들고 왔다.

"냉동해놨다가 저 죽는 순간에, 그때 깨울래요. 그때 같이
눈감고 싶어요. 제발요, 빨리요. 이러다 정말 숨 끊어지겠어
요."

하지만 그것이 뭐가 다른가요. 살아가는 동안 만질 수 없
고, 부를 수 없고, 볼 수 없는데. 그렇게 평생을 버티다 죽는
순간 마지막 숨결을 느끼는 게 정말 버팀목이 되나요. 운조
는 이 말 대신 동의서를 내밀었다.

운조는 그날 낮에 소를 죽이고 밤에 고양이를 얼렸다. 어
떤 것은 기묘하게 빨리 죽여버렸고, 어떤 것은 불필요하게

오래 살렸다. 메리는 이 병원 지하실 냉동 보관함에 오래도록, 제 주인이 죽을 때까지 마지막 숨을 간직한 채 얼어 있을 거였다.

병원은 야간 진료마저 마친 상태였다. 운조는 불 꺼진 병원 앞에 서서 조금씩 가려워지는 무릎과 다리를 벅벅 긁었다. 여전히 감각은 없었고, 가려움은 아무리 긁어도 해결되지 않다가 어느 순간 통증으로 다가왔다. 바늘에 찔린 것처럼 놀라며 손을 뗐다. 얼었던 게 녹고 있는 걸까. 운조는 10년 넘게 입은 청바지를 내려다보며 고민했다. 녹고 있는 거라면 응급실에 가지 않아도 되지 않을까. 괜찮아지고 있으니까……

운조는 응급실 비용을 지불할 여유가 없다. 운조가 가입한 보험이 적용되는 병원은 극히 드물었다. 가장 가까운 곳이 이곳에서 고속도로를 타고 한 시간 반가량은 달려야 할 거리였다. 적용률이 높은 보험이 있었지만 비용이 너무 비쌌다. 운조가 지금의 보험을 택한 이유는 딱 하나, 가장 저렴해서였다.

수의사는 돈이 되지 않는다. 그 사실을 오래전에 깨달았지만 운조에게는 삶의 방향을 마음껏 틀어도 될 정도로 단단한 안전망이 없다. 그렇기에 운조에게는 늘 최초의 선택이 최후의 선택이었다. 누가 그렇게 만들었는가? 누가 그렇게 내몰았는가? 무엇이 얄밉게 구는가? 대학교 시절 들었던 예술 수업에서 교수가 학생들에게 이런 질문들을 던졌다. 각자 나름의 원인을 찾아내 말하는 학생들을 보며 운조는 자신에게는 그 원인조차 없다는 걸 알았다. 원인이 없다면 그 삶은 숙명이다. 운조는 사람을 살리는 의사가 되고 싶었지만 수의사가 취업률이 높다는 말에 전공을 전향했다. 그게 운조가 최초이자 최후로 꺾은 방향이었다. 하지만 취업이 잘된다는 말은 두 가지로 해석되는데, 하나는 희소성이 높다는 것이고 또 하나는 편의점만큼이나 일터의 수가 많아 아무 곳이나 들어갈 수 있다는 것이다. 운조가 택한 직업의 경우는 후자였다.

누구나 무언가를 키웠다. 아이를 키우지 않으면 개나 고양이, 새, 햄스터, 고슴도치, 사슴벌레, 이구아나를 비롯한 각종 파충류, 열대어와 금붕어, 거북이, 세상의 온갖 식물들…… 운조는 그런 것들을 종 구분 없이 치료했다. 금붕어 뇌에 자리를 잡은 기생충도 뽑아보았고 집게가 부러진 가재에게 붕대도 감아보았다. 하지만 그보다 죽이는 일을 더 많이 했다. 치료하는 건 오래 걸리고, 까다로우며, 보호자의 눈치를 많이 보아야 하지만 죽이는 건 그렇지 않았다. 대부분 빠르고 간단하게 무관심 속에서 진행됐다. 다양하게 키우고 비슷하게 죽였다.

원장은 대체로 운조에게 그 일을 시켰다. 무지를 죽였을 때처럼, 운조는 언제나 그런 일에 실수하거나 동요하지 않기 때문이었다. 원장은 운조가 죽는 것에 큰 의미를 부여하지 않아서 좋다고 했다. 살아가는 모든 시간은 죽음을 향해 달려가는 건데, 유난스럽게 구는 사람들은 과하게 예민한 것 같다고. 살리는 것만큼이나 잘 죽이는 것도 중요해진 시대이고 그런 면에서 운조는 요즘 시대가 원하는 상이라고 말이다. 원장이 몰라서 그렇다. 표면적으로 운조는 취업을 빨리하기 위해 의사가 아닌 수의사를 택했지만, 그보다 더 깊은 곳에는 처음 손에 쥐었던 죽음의 감각이 있었다. 수없이 살리면 손에 스며든 감각이 없어질 줄 알았다. 그렇지 않더라도 감각이 덧대어져 무뎌질 줄 알았다. 하지만 아니었다. 운조는 날마다 손에 새로이 죽음의 감각을 새겼다. 여러모로 수의사는 운조에게 최악의 선택이었고 그 값에 맞는 결과를 가져다주었다.

아픈 무릎을 쓰다듬던 운조는 하얀 눈밭에 서서 뒤집힌 시야로 보았던 무지를 떠올렸다. 그게 무지가 본 첫눈이었겠지. 하늘에서 떨어지는 저건 무엇인가, 왜 차가운가 생각했을 터였다. 운조가 간혹 무지를 산책시켜주기도 했으므로 어쩌면 무지는 다가오는 운조를 보며, 차갑게 쌓인 저것을 밟아볼 수 있을지도 모른다는 기대감을 품었을지 모른다.

운조가 향한 곳은 마거릿의 연구실이었다. 모든 것을 다 고치고 죽이는 운조만큼이나 마거릿은 모든 것을 다 만들고 바꿀 수 있었다. 운조는 과학자라는 표현을 고리타분하게 느꼈지만 마거릿을 설명하기에 이보다 좋은 단어는 없었다.

마거릿의 연구소는 '냉동 보존' 기술을 상용화시켰다. 마거릿보다 한 세대 앞선 연구진이 기술을 완성했고 마거릿이 그 일을 물려받았다. 그 연구진은 전부 연구소 지하 7층에 냉동 보존되어 있다. 언젠가 깨어나겠지만 그게 언제일지 운조는 모른다. 궁금하지 않고, 알고 싶지도 않다.

마거릿은 자리를 비운 상태였다. 연락을 주고받고 왔기 때문에 운조는 아무도 없는 연구소에 적잖이 당황했지만, 근래 마거릿의 건망증이 심해졌음을 떠올렸다. 잠시 잊은 무언가를 수습하러 갔거나 운조가 온다는 연락을 까먹었으리라. 운조가 방문했을 때 1층 경비원은 방문자가 있다는 연락을 못 받았다고 말했다. 하지만 경비원은 운조가 마거릿의 지인임을 알고 있었고, 모든 연구원이 퇴근한 시간이었기에 슬쩍 눈짓을 주며 안으로 들여보냈다. 정말 이야기하고 온 거 맞아요? 이 질문을 세 번 정도 던지고서.

마거릿의 책상 위에 놓인 잔은 아직 뜨거웠다. 운조는 뜨거운 커피를 믿기로 했다. 마거릿은 다급하게 무언가가 생각나 잠시 자리를 비웠을 것이다. 원래라면 마중을 나올 참이었겠지. 까먹은 일이란, 운조에게 잠시 자리를 비운다고 말하지 못할 정도의 일이었을 거고. 어쩌면 실종되었다는 연구원 H의 행방을 찾은 걸지도 모른다. 연구실에서 사라졌다고 했던가. 출근 기록만 있고 나간 기록은 어디에도 없었다는 이야기를 얼핏 들은 기억이 났다. 이 이야기를 들을 때, 연구소에 가득한 정체불명의 약물들에 완전히 녹은 H가 하수구로 흘러가는, 혹은 냉동된 채 깨진 H를 누군가 치워버리는 상상을 했던 것도 기억이 났다.

운조가 전화를 걸었지만 마거릿은 받지 않았다. 운조는 멍

하니 앉아 시간을 견뎠다. 무릎의 감각은 아직 돌아오지 않았으며, 발목과 발가락은 찌릿찌릿 아프고 가려웠다. 그때 어디선가 물이 꼬르륵 흘러 내려가는 소리가 들려왔다. 수챗구멍으로 빠져나가는 물소리와 비슷했다.

소리의 근원은 연구실과 타원형 계단으로 연결된 실험실이었다. 연구소보다 한 층 아래에 있는 데다 외부인 출입이 완벽히 통제되어 있어서 실험실로 가려면 그 계단을 이용하는 방법뿐이었다. 평소라면 이중으로 잠가두어 연구원의 지문이나 홍채 없이는 열 수 없는 곳이다. 한데 그곳 층계참에 마거릿의 것으로 추정되는 신발 한 짝이 덩그러니 놓여 있었다. 아니, 그것은 마거릿의 신발이 맞았다. 마거릿이 제 물건마다 그려놓는 흑마 그림이 그 신발에도 있었다. 어떤 사건이 일어났을 거라는, 예측 이전에 감각이 느끼는 불길한 기운. 운조는 계단을 뛰어 내려갔다. 다리의 감각이 없다는 것을 망각한 채. 결국 운조는 마거릿의 신발이 놓여 있는 위치에서 엎어져 계단을 굴렀다. 넘어지는 순간 다급히 난간을 잡았지만 튀어나온 요철에 손바닥이 찢겼다.

실험실 안은 정체를 알 수 없는 연기로 자욱했다. 마거릿은커녕 한 치 앞도 내다볼 수 없었다. 마거릿을 찾기 위해 더듬거리며 바닥을 기어가던 운조는 떨어진 휴대폰을 발견했다.

[운조] 부재중 전화 한 통.

불길한 기운은 점차 구체적인 형태를 갖춰갔다. 이곳에서 사고가 있었다. 그것도 아주 큰. 마거릿은 죽었거나 어딘가에 기절해 있으리라. 운조가 몸을 일으켰다. 신고해야 한다. 하지만 굴러떨어지며 방향을 잃은 몸은 시야를 가로막는 연기 속에서 어느 곳에 계단이 있는지 알아내지 못했다. 들이마시지 말아야 할 것 같은 본능적인 감각에 소매로 코와 입을 틀어막고 계단이 있을 법한 곳으로 향하면서도 운조는 이럴 게 아니라 일분일초라도 빨리 마거릿을 찾아야 하는 게 아닐까 하는 갈등에 휘말렸다. 하지만 운조의 발이 닿은 곳은 계단도, 쓰러진 마거릿의 육체도 아니었다.

실험실에는 실내 수영장처럼 액체를 담아놓은 커다란 구멍 네다섯 개가 있다고 했던가. 냉동 보존에 쓰이는 액체를 비롯해 실험 중이거나 실험을 마친 액체들이 담겨 있다고. 그 기억이, 차가운 액체로 빠져드는 순간 떠올랐다. 몸 깊숙이 액체가 들어찼다. 얼어 있던 다리는 누군가 망치로 두드리듯이 아파왔고 말로 형용할 수 없는 고통이 몸 전체를 뒤덮었다. 그것은 마치 모래 알갱이가 연한 피부 조직 사이사이로 파고드는 듯한 통증이었다. 몸은 안에서부터 부서지고 있었다. 운조는 그렇게 되어가고 있다고 확신했다.

\*

운조의 입과 코에 아메바같이 진득하고 투명한 무언가가 붙어 있었다.

운조가 발작하며 그것을 떼어내려 하자, 앞에 앉아 있던 그것이 운조를 말렸다. 숨을 쉬어야 한다고, 숨이 쉬어지지 않는다고, 운조는 금방이라도 질식할 것처럼 울부짖었지만 그것은 운조의 어깨를 감싸 잡으며 천천히 가슴을 부풀렸다 가라앉혔다. 마치 따라 하라는 듯이. 그러고 보니 여전히 숨을 쉬고 있었다. 입에는 여전히 불가사리 모양의 아메바가 붙어 있었지만 숨을 쉬는 데는 아무런 지장이 없었다. 운조는 다시 잠들었다. 기절했다는 표현이 더 맞겠지만.

눈을 떴을 때, 여전히 그것이 운조의 곁에 있었다. 붉은 눈. 그것은 어물쩍거리다가 두 손으로 진정하라는 듯 행동을 취하고는 밖으로 나가 다른 이들을 데리고 왔다.

운조는 그들을 훑어보았다. 눈동자의 색이 저마다 달랐다. 붉은 눈동자를 가진 것은 운조 옆에 붙어 있던 한 놈뿐이었다. 차갑고 진득거리는 점액질이 뒤덮인 피부는 장기와 혈관이 언뜻 보일 정도로 투명했으며 희었다. 혈관을 전선 삼아 흐르는 빛은 머리와 가슴 부근에 유난히 많이 몰려 있었으며 그들이 대화를 나누는 듯한 행동을 보일 때 목 전체와 어깨, 배 중앙이 함께 빛으로 요동쳤다. 그것은 몸에 흐르는 에너지 같았는데, 운조의 생각일 뿐이다.

그들에게는 입도 코도 없었다. 소리를 낼 기관과 통로 자체가 보이지 않았다. 그들을 정면으로 바라보았을 때 선이라 말할 수 있을 부분들, 즉 얼굴과 목과 어깨로 이어지는 윤곽과 팔의 경계, 다리에는 아주 작은 지느러미가 달려 있었다. 사람 키만 한 위압적인 꼬리도 있었다.

이곳이 어디인지, 저들이 누군지 전혀 알지 못하는 상태에서 운조가 할 수 있는 일은 가소로운 추측과 판단뿐이라는 이야기다. 키가 족히 4미터는 넘어 보이는 저 존재들이 자신을 데리고 온 곳이 어디인지도 운조는 몰랐다. 깔려 죽지 않았다는 판단 이후에 마주한 것은 운조를 바라보고 있던 그들의 눈이었다.

먹으려는 건 아닐 거였다. 먹으려면 운조의 저항력이 아예 없는 기절 상태가 더 나을 테니까. 먹이가 깨어날 때까지 기다렸다가 잡아먹는 비능률적인 일을 할 리 없었다. 그들은 깨어난 운조에게 말을 걸었다. 이 역시 운조의 추측일 뿐이지만, 쓰러져 있던 이를 데리고 와서 할 행동이랄 게 말을 건네는 것 외에 무엇이 있겠는가. 목과 어깨, 배 중앙이 동시에 빛나는 건 저들이 말을 할 때다. 운조가 습득한 첫번째 정보다. 그들은 끊임없이 운조에게 말을 건네다 포기한 듯 자리를 옮겼다.

그리하여 운조 옆에 홀로 남아 있는 이것(것이라고 해야 할지, 명이라고 해야 할지 알 수 없지만). 자리를 뜨지 않고 운조를 지켜보고(지켜보고 있다고 해야 할지, 감시라고 해야 할지, 관찰이라고 해야 할지 알 수 없지만) 있다. 그것은 운조에게서 눈을 떼지 않으려 노력하다 어느 순간 눈을 감았고, 머리가 하염없이 좌우로 흔들렸다. 꼭 조는 것 같았다. 머리를 가누지 못해 이리저리 흔들거리다 퍼뜩 놀라며 눈 뜨기를 반복했다. 그럴 때마다 존 적 없다는 듯 더 부릅뜬 눈으로 쳐다

보는 그것에 운조는 자기도 모르게 웃어버렸다. 웃음이 나올 상황이 아닌데도 운조는 그 순간 웃음을 참을 수 없었다. 그 웃음은 안도감의 방귀 같은 것이었다. 낯선 존재를 앞에 두고 졸아버리는 모습에 운조에게서 두려움이 빠져나온 것이다.

운조의 웃음을 본 그것은 고개를 갸웃거렸다. 그에 운조는 기세가 눌릴세라 더 크게 웃었다. 운조가 웃고 있다는 걸 저것도 알아볼 것이다. 운조는 안다. 웃음과 눈물은 종種을 관통한다. 그 묵언의 메시지는 어떤 언어보다 오래되었다. 운조의 메시지는 곧 그것에게 닿을 것이다. 하지만 그것이 운조를 따라 웃을 거라는 건 예상하지 못한 일이었다. 그것은 웃었다. 머리부터 발끝까지 빛으로 물들이며, 짧고 가느다란 지느러미를 파르르 떨었다. 심해에서 빛나는 열대어의 지느러미 같았다. 운조는 만져보고 싶었다. 손을 뻗었다. 그래도 될 것 같았다. 그것은 기꺼이 몸을 만지는 걸 허락했다. 지느러미는 미끄러웠고 피부는 끈적했다. 하지만 신기하게도 그 끈적함은 손에 남지 않았고, 황홀한 부드러움을 느꼈다. 그것에게 운조는 '로타'라는 이름을 붙여주었다. 로타는 자신이 로타라는 것을 모를 테지만 말이다. 로타라는 이름은 운조가 처음 키운 토끼의 것이었다. 그 눈과 무척 닮았다.

로타와 로타가 속한 공동체는 운조를 극진히 대해주었다. 운조의 손바닥과 얼룩진 다리에 두꺼운 잎사귀를 잘라 채취한 진액을 발라주었다. 알로에와 비슷한 질감이었는데 박하향이 났고, 상처가 아무는 게 눈으로 보였다. 다리에 졌던 얼룩들도 물에 씻은 듯이 사라졌다. 먹을 것도 주었는데, 모양으로나 맛으로나 타피오카를 이용해 만든 반죽 덩어리가 든 코코넛수프 같은 것이었다. 운조가 입에 붙어 있는 투명한 불가사리를 가리키자, 로타가 그것을 떼어냈다. 큰 차이는 없었다. 숨을 쉴 때 두통이 생기는 정도였다. 빠르게 한 그릇을 비우자, 로타는 한 그릇 더 떠다 주었다. 운조는 두번째 그릇 역시 단숨에 비웠다. 맛있는 포만감이 몸을 지배했다. 잊고 살던 기분이었다.

다쳤던 곳이 낫고 배가 든든하게 차니 또다시 졸음이 몰려왔다. 이곳이 어디이고 저들이 누구인지 따위는 이상할 정도로 중요하지 않았다. 그저 이곳에는 이례적인 폭설과 막힌 도로, 시도 때도 없이 자신을 부르는 원장과 죽은 무지가 없다는 사실이 운조를 그 질문으로부터 잠깐 멀어지게 만들었다. 우선은 자고 싶었다. 다시 일어나게 됐을 때, 그러니까 여기가 죽은 뒤 잠시 머물다가는 낙원이 아니라면, 그리고 자는 사이 저들이 운조를 죽이지 않는다면, 그때 일어나 생각하고 싶었다.

꿈에 어렸을 때 살던 빌라가 나왔다. 1, 2층은 상가였고 3층부터 10층까지는 주거용 빌라였는데, 지은 지 30년이 넘어 운조가 살던 시기에는 상가 대부분이 공실이었다. 집 없는 이들의 거처가 되기도 했고 불량 학생들의 클럽이자 술집, 혹은 돈 없는 이들의 모텔이 되기도 했다. 운조는 그런 것들을 자주 목격했다. 가끔은 취한 사람이 운조가 사는 7층까지 따라온 적도 있었다. 부모님은 언제나 이사 갈 거라고 말하며 운조를 안심시켰지만 운조가 그 빌라를 벗어난 건 취업 후 독립을 했을 때였다. 그전까지 운조는 매일 작아지는 방 안에서 지냈다. 근처 놀이터는 운조가 다섯 살 때 쇼핑센터로 바뀌었고 미성년자인 운조가 갈 수 있는 곳은 거의 없었다. 창은 옆에 들어선 고층 상가가 가로막고 있어 낮에도 햇빛이 들지 않았다. 창끼리 마주 보고 있었는데 하필이면 운조의 방과 마주 보고 있는 곳이 흡연실이어서 창문을 열어두면 냄새가 들어왔고 그곳에서 담배 피우는 사람들과 자주 눈이 마주쳤다. 가끔 몇몇 남자들은 운조를 보며 불쾌한 웃음을 짓기도 했다. 언제든 마음만 먹으면 그 방으로 들어갈 수 있다는 듯이.

엄마는 운조가 여덟 살 때 나무판자로 창문을 막았다. 홈 클래스 시작 주간이 되자 운조는 학교에 가지 않고 집에서 세계 각국의 선생님에게 온라인 수업을 들었다. 아침 7시부터 저녁 7시까지 진행되는 수업이었고 쉬는 시간은 10분, 점심 시간은 40분으로 정해져 있었다. 운조는 창이 막힌 방에 갇혀 5월부터 9월까지 종일 방에서 수업을 들었다. 아이들은 쉬는 시간이면 베란다에도 밖에도 나간다는데 운조의 집에는 베란다가 없었고 상가는 언제나 무서워 엄두를 내지 않았다. 그리고 9월의 어느 날 운조는 문지방에 발을 찧어 엄지발가락이 골절됐고, 며칠 후 책상에 팔을 부딪쳤다가 팔뼈가 부러졌다. 병원에서 비타민디가 부족하다고 했다. 엄마는 중고 거래를 통해 비타민디 조명을 급하게 샀다. 운조는 컴퓨터 옆에 비타민디 조명을 켜고 공부했다. 효과가 미약하게나마 있었는지 골절되는 일은 더 이상 일어나지 않았다. 하지만 그다음에 찾아온 건 무기력증과 우울증이었다. 의사는 햇볕을 많이 쬐고 대화를 많이 나누어야 한다고 말했다. 부모님이 바쁘면 정서적 교감을 나눌 수 있는 반려동물을 두는 것도 좋겠다는 처방을 내렸다. 그렇게 집에 흰 토끼, 로타가 왔다. 흰 토끼는 침대 옆 케이지에서 바위처럼 웅크려 있다가 운조가 의자를 끌면 고개를 들었다. 그럴 때마다 눈이 마주쳤다. 흰 토끼의 붉은 눈. 그것을 떠올림과 동시에 운조가 잠에서 깼다.

온몸이 땀범벅이었다. 사방이 온통 까맸다. 불쑥 두려움이 느껴졌고, 운조는 허겁지겁 밖으로 달려 나갔다. 운조는 무작정 뛰었고, 운조가 있던 움막 앞에서 불을 피우고 있던 로타 역시 그런 운조를 쫓았다. 점점 숨이 가빠오고 까맣게 변해 좁아진 시야가 차츰 다시 넓어졌을 때, 단 몇 걸음으로 운조를 따라잡은 로타가 운조를 붙잡아 번쩍 안아 들었다. 운조는 그제야 그 길의 끝이 절벽인 것을 보았다. 하지만 운조는 더 달리고 싶었다. 그렇게 달려본 것이 살아생전 처음이었고, 이런 풍경이라면 절벽으로 떨어져도 좋았다. 절벽 너머로 드넓게 펼쳐진 모래사막은 보랏빛으로 빛났고 밤하늘을 가득 채운 별과 하늘의 반을 차지한 달 뒤로는 은하수가 흘렀다.

운조가 풍경에 빠졌다는 걸 아는지, 로타는 절벽 가까이

다가갔다.

"소리를 지르고 싶어."

혼잣말처럼 중얼거렸다. 로타가 알아들을 리 없다고 생각하면서. 한데 로타의 지느러미가 바짝 서더니 목과 가슴이 강렬하게 빛났다. 로타는 소리를 지르고 있었다.

운조는 숨을 깊게 들이마셨다. 배가 빵빵해지고 가슴뼈 부근이 뻐근해질 때까지.

그리고 악을 썼다.

소리를 지르고 싶은데 소리를 지른다는 것이 어떤 건지 알지 못해서, 발가락이 골절됐을 때 내질렀던 비명처럼. 그렇게 몇 번이고, 목이 긁히는 고통을 감내하며 악을 썼다. 목에서 살짝 피 맛이 돌았을 때, 운조는 흡족함을 느꼈다. 마음이 시원했고 동시에 풍요로웠다. 로타에게 안기듯 기댔다. 이곳은 저승인가. 아니면 이상한 액체에 빠져 운조가 얻은 기이한 힘일까. 어쩌면 누군가 만든 메타버스 세계의 한 테마일지도 모르겠다. 그래도 괜찮았다. 어떤 것이든 상관없으니, 운조는 이곳에 머물고 싶었다. 오래도록.

운조는 그들을 로타의 이름과 비슷하게 지어 루타족이라 칭했다. 그 호칭은 곧 약속이 되었다. 운조가 루타족이라 부르면 그들은 그것이 자신들을 칭하는 호칭인 걸 알아들었다. 개개인에게 이름도 붙여주었다. 대개 해피나 나비, 로이스, 꼬마, 돌돌이, 라라 같은 동물 병원 환자의 이름들이었다. 루타족은 각자의 이름을 만족스러워했다. 저마다 본인의 진짜 이름이 있겠지만 운조가 부를 때 모두 기꺼이 그 이름이 되어주었다. 운조 역시 그들에게 자신의 이름을 알려주었지 만 소용없었다. 그들이 운조를 부르는 건 조금 더 넓은 의미 의 부름이었는데, 도저히 설명할 수 없는 또 다른 감각의 울 림이었다. 그걸 느낀 뒤에야 운조는 그들이 발음을 알아듣는 것이 아니라 단어에서 느껴지는 미세한 울림의 차이로 자신 들의 이름을 구분하는 게 아닐까 추측했다.

그들은 운조를 홀로 움막에 두지 않았다. 아마도 운조가 처음 떨어졌을 때 보았던 곤충 같은 것들이 언제든 이곳을 습격할지도 모르기 때문이리라. 운조를 지키는 일은 대부분 로타의 몫이었다. 하지만 로타가 운조를 살피는 것은 어떤 역할이라기보다는 떨거지의 소소한 일에 더 가까운 듯했다.

"너는 왜 채집에 함께하지 않고 여기 남아 있지?"

운조가 물었다. 로타는 뒤돌아 자신의 짧은 꼬리를 보여주 었다. 토끼처럼 뭉툭한 로타의 꼬리는 다른 루타족들과는 확 연히 달랐다. 사고로 잘린 걸까. 어쩌면 타고나길 그렇게 타 고났을 수도 있겠다 싶었다. 꼬리가 짧음으로써 생기는 불편 이 무엇인지 운조는 알 수 없었으나, 그 짧은 꼬리는 한쪽 귀 가 짧았던 흰 토끼를 떠올리게 했다. 그래서 더더욱 이건 흰 토끼의 최후를 알고 있는 누군가가 운조를 벌하기 위해 만 든 형벌일지도 모른다는 가능성으로 마음이 기울었다.

운조가 꼬리의 용도를 알게 된 건 그날 저녁이었다.

커다란 집게를 머리에 단 짐승 한 마리가 루타족의 마을로 돌진했다. 짐승은 머리의 집게를 이용해 움막을 부쉈고 루타족을 공격했다. 로타는 제일 먼저 운조를 챙겨 멀리 떨어진 나무 위로 향했고, 다른 루타족들은 사냥 때 쓰는 작대기를 찾아 들었다. 그들은 꼬리를 작대기에 몇 번이고 휘감은 다음 머리 위로 작대기를 올려 공격 자세를 취했다. 두 손은 적의 공격을 쳐내거나 붙드는 데 썼고 창은 오로지 꼬리를 이용해 휘둘렀다. 창은 그들의 몸이 넘어갈 때 지지대 역할을 해주었으며 뛰어오를 땐 다리처럼 기능했다. 저들에게 꼬리가 짧은 로타는 거추장스러운 존재일 거라 운조는 홀로 판단했다. 하지만 운조가 틀렸다. 로타는 나무를 타고 올라, 전방위적으로 전투를 지켜보다 알맞게 지시를 내렸다. 짐승의 퇴로를 차단하고, 쳐들어오는 또 다른 침입자나 도망칠 곳을 알려주는 식이었다. 로타는 낙오되지 않았다.

　루타족은 짐승을 궁지로 모는 것에 성공했다. 짐승의 공격성은 더 격렬해졌는데, 운조는 그것이 이상하게 느껴졌다. 어쩌면 저 짐승은 루타족을 먹기 위해 온 것이 아닐지도 모른다. 공격을 가하지 않고 있는 지금도 짐승은 괴로운 듯 울부짖었다. 고통스러운 몸부림이 출산을 앞둔 짐승의 몸짓과 비슷했다. 출산 직전의 포유류라면 엄청난 진통을 느끼는 중일 것이다. 운조는 저 짐승이 임신했을 가능성, 진통을 느끼고 있을 가능성, 그리고 출산을 앞둔 개체가 외부인이 차단된 안전한 공간으로 가지 않고 이곳을 찾아온 이유를 가늠해보았다. 운조의 눈이 짐승의 엉덩이를 집요하게 좇았다. 달랑거리는 무언가. 거리가 멀어 제대로 보이지 않지만 두 다리 사이로 무언가 흔들리고 있었다.

"가까이 가야 해. 빨리! 내려가!"

운조가 흥분해 외쳤다. 로타가 나무를 타고 내려갔다. 지상으로 내려오니 달랑거리는 그것은 새끼의 발이었다.

"애를 빼야 해. 구해달라고 온 거야!"

창을 겨누며 경계하던 루타족들이 운조의 행동에 혼란스러워하기 시작했고, 로타는 운조가 가리키는 곳을 주시했다. 새끼의 발을 발견한 로타는 다급히 종족들에게 알렸다. 발광하는 몸. 로타도 운조처럼 소리치고 있는 거였다. 흥분한 짐승을 달랠 수 없었기에 그들은 창으로 창살을 만들어 점점 구역을 좁혔고, 짐승이 난리 칠 수 없도록 창으로 집게와 목, 머리, 다리를 결박했다. 로타는 운조를 품에 안고 짐승에게 다가갔다. 운조의 몸만 한 발톱이 위압적으로 느껴졌지만, 로타가 있어 두렵지 않았다. 빠져나온 것은 새끼의 다리 한쪽이었고, 다른 한쪽은 반으로 접혀 걸려 있었다. 축 늘어진 새끼의 다리는 지금 상황이 얼마나 다급한지를 말해주고 있었다. 운조는 소매를 걷어 올렸다. 그리고 아무런 주저 없이 짐승의 구멍으로 두 손을 밀어 넣었다. 짐승이 크게 몸부림쳤기에 운조의 몸이 새끼의 다리처럼 매달렸다. 하지만 운조는 그 와중에도 손을 더듬어 새끼의 반대쪽 다리를 찾아내 붙잡았다.

"밧줄이 필요해! 묶을 거. 묶어서 잡아당길 거!"

운조가 로타에게 외쳤다. 그렇게 밧줄을 가져온 것이 로타인지 아니면 다른 누구인지, 새끼와 함께 정신없이 흔들리던 운조는 알지 못했다. 운조는 넘겨받은 밧줄을 빠져나오지 못한 새끼 발에 묶었다. 새끼에게도 짐승과 같은 발톱이 있다면 짐승의 자궁에 치명적인 상처를 입힐 거였다. 운조는 손을 더 깊숙이 넣었다. 어깨에 걸려 더 들어갈 여유가 없는데도, 상체를 다 집어넣을 작정으로. 손끝에 새끼의 발톱이 잡혔고, 다행히도 안으로 말려 있었다. 발목이 꺾여 발이 뒤집히지만 않는다면 나올 때 짐승의 내벽을 긁는 일은 없을 거였다. 운조는 새끼의 발목이 꺾이지 않도록 발을 감싸 잡은 뒤 그들에게 외쳤다.

"당겨! 당기라고!"

그들은 줄다리기하듯이 일렬로 서서 밧줄을 당겼다. 그에 맞춰 짐승이 배에 힘을 주는 것도 느껴졌다. 하지만 걸린 다리는 쉽사리 빠지지 않았고, 이 상태로 더 있다가는 새끼는 물론이고 짐승의 목숨까지 장담할 수 없었다. 운조는 두 손을 빼 그들의 창을 쥐었다. 창은 운조가 한 번에 들어 올릴 수 없는 무게였다. 운조가 창을 끌고 힘겹게 걸음을 떼자, 로타가 밧줄을 놓고 함께 창을 들었다.

"입구를 찢을 거야. 새끼가 나올 수 있게."

운조는 창을 질 입구에 놓았다. 로타가 운조의 어깨에 팔을 둘러 창을 쥔 운조의 손 위에 제 손을 포갰다. 로타가 힘을 실었다. 살을 가르고, 피가 터지고, 다시 손을 넣어 새끼의 발을 붙잡고, 있는 힘껏 잡아당겼다. 막에 싸인 새끼가 핏덩이로 바닥에 쏟아졌다. 새끼는 운조보다 훨씬 컸다. 다 큰 코끼리만 한 크기였다. 운조는 새끼가 미동이 없자 손으로 막을 찢으려고 했지만 그러기엔 막이 너무 질기고 단단했다. 그러자 로타가 또다시 운조를 도왔고, 막이 찢어지며 안에 있던 액체가 터졌다. 운조의 바지가 축축하게 젖었다. 운조는 로타에게 새끼의 가슴을 주먹으로 내리치게 시켰다. 운조의 가슴이 조마조마했다. 마치 무지를 받을 때처럼.

　머지않아 새끼는 숨을 토하며 고개를 번뜩 들었다. 숨이 멎은 적 없다는 듯 그 어설픈 다리를 이용해 일어서겠다고 아등바등했다. 루타족은 결박했던 짐승을 풀어주고 모두 나무 위로 올라갔다. 운조는 로타의 품에 안겨, 새끼가 곧추서는 모습을, 짐승이 새끼의 털을 핥는 모습을 지켜보았다. 가슴이 세차게 뛰었다. 어느 정도로 세차게 뛰었느냐면 가슴뼈가 아파왔고 숨이 가빠왔다. 여태껏 뛴 건 심장이 아니라는 듯 생생한 뜀박질이었다. 흥분과 희열에 뛰는 심장은 뜨겁지 않고 차가웠다. 얼음이 가슴을 문지른다. 그 심장이라면 운조는 태양도 끌어안을 수 있을 것 같았다. 태양의 열기마저 운조의 심장을 데울 수 없을 거라는 오만과 자만이 몸을 감쌌다. 나쁘지 않았다. 운조는 그런 감정을 느껴본 지 오래되었다. 없었을지도 모른다.

　운조는 한기를 토해내듯 호탕하게 웃었다. 루타족이 전부 운조를 쳐다보았지만 괜찮았다. 오히려 더 크게 웃고 싶어졌고, 그래서 운조는 더 크게, 할 수 있는 한 더 크게, 배 근육이 당길 정도로 웃었다. 이제 막 태어난 새끼는 곤충의 창에 몸통이 잘려 죽거나 굶어 죽을지언정, 주사기에 찔려 죽지는 않을 것이다. 주사기에 찔리면 몸통이 잘리거나 굶주리는 고통 없이 잠들 듯 편하게 죽겠지만 운조는 새끼가 아프게 죽기를 바랐다. 치열하게 싸우길 바랐고, 배고픔에 무언가를 죽이고 잔인하게 뜯어 삼키길 바랐다.

새끼를 데리고 마을을 떠난 짐승은 몇 시간 뒤 다른 짐승의 시체를 물고 왔다. 코끼리처럼 코가 길고 거북같이 등딱지가 있는 짐승이었다. 하지만 루타족은 짐승을 먹지 않았다. 그들은 죽은 짐승의 몸에서 등갑을 떼어내어, 만들어둔 무덤에 덮어주었다. 그들은 첫날 운조에게 주었던 것같은 희멀건 수프를 주식으로 먹었다. 감춰져 있던 입은 수프를 마실 때 아주 잠깐 벌어졌다가 다 먹고 나면 굳게 닫혔다.

식사를 마치고 운조는 로타와 함께 숲을 산책했다. 하늘이 보이지 않을 만큼 높고 울창한 나무와 흰개미, 꽃에 파묻혀 있는 날개 달린 아기 돼지 같은 생명체를 보며 운조는 이곳이 아주 먼 행성이나 미지의 차원이 아닌 자신의 행성임을 확신했다. 이곳은 운조가 살던 행성이다. 하늘의 반을 뒤덮은 저 달 역시 운조가 평생 보아왔던 달이 분명했다. 알 수 없는 것은 자신이 살던 시대로부터 얼마만큼 떨어진 시간인지, 과거인지 미래인지, 왜 자신이 이곳으로 오게 되었는지 따위였다. 알려주는 이도, 알아낼 방법도 없었으며 무엇보다 운조는 알아야 할 필요를 느끼지 않았다. 알고 싶지 않았다. 안다는 것은 가능성을 넓히는 일이었으므로, 운조는 자신에게 선택권이 주어지지 않기를 바랐다. 운조는 자신을 위해 선택하는 법을 모른다. 선택은 언제나 운조의 등을 억지로 떠밀었고, 쫓기는 것에 가까웠다. 선택은 운조를 더 좋은 방향으로 인도하지 않는다. 오로지 이것뿐이기를 바랐다.

로타는 나무뿌리가 의자처럼 솟아오른, 운조에게는 다소 높은 곳에 운조를 앉혔다. 운조의 눈높이가 그제야 로타와 맞았다. 로타의 눈은 당연하게도, 여전히 흰 토끼와 닮았다. 까만 방, 좁은 케이지에 웅크려 앉아 운조를 바라보던, 원망과 증오가 섞여 있던, 끝끝내 미쳐버린 붉은 눈을 닮았다.

"토끼를 키웠었어. 흰 토끼. 귀 한쪽이 짧은."

알아듣지 않기를 바랐다. 그들은 어떤 것도 죽이지 않으니까.

"그 토끼를 내가 죽였어. 함께한 지 3년이 되던 해에 자주 거실에 풀어주며 키웠는데, 나중에 제 앞발을 피가 나도록 씹고 있었어. 그만 아프게 하고 싶었어. 그게 유일한 방법 같았어. 내 말이 무슨 말인지 알겠니?"

죽이는 방법을 몰라 토끼를 끌어안았다. 있는 힘껏. 몸에 너무 힘을 준 탓에 땀이 났다. 오한이 든 것처럼 몸이 떨렸다. 토끼는 발버둥 치지도 않고 죽었다. 언제 죽었는지도 모르게 말이다. 잠든 것 같아서 바로 묻어주지 못하고 케이지 안에 눕혔다. 사체의 부패가 시작될 때까지 운조는 죽은 토끼와 지냈다. 그러는 동안 운조는 토끼를 세게 끌어안으며 생긴 근육통에 시달렸다. 그래도 좋았다. 토끼가 앞발을 물어뜯지도 운조를 원망스러운 눈으로 보지도 않았으니까. 운조의 방은 해가 지고 오래도록 밤이었다.

"토끼처럼 되면 편안할 것 같았는데, 나처럼 토끼를 죽여줄 존재가 아무도 없었어. 너 말이야. 나를 안아줄 수 있겠어? 되도록 아주 세게. 네 몸이 아플 정도로."

로타라면 가능할 것 같았다. 운조가 흰 토끼를 끌어안아 주었듯이.

하지만 로타는 운조를 포근히 끌어안았다. 로타의 심장박동이 뱃고동 소리처럼 들려왔다. 운조는 로타의 투명한 몸통 너머로 보이는 숲과 푸르고 붉은 혈관, 쉼 없이 뛰는 심장을 보았다. 그것은 낯선 세계. 누구도 본 적 없는 세상의 진짜 모습이었다. 세상은 타인의 몸에 담긴다. 운조를 지나쳤던 모든 이의 몸을 통해 운조는 세상을 보았다. 참혹하고, 아름다우며, 고귀하고, 추악하나 그 누구도 드넓고 평온하지 못했다.

너의 진짜 이름은 무엇인가.

운조는 그것이 궁금해졌다.

너는 왜 나에게 다정한가.

간절히 궁금했지만 묻지 않으리라 다짐했다.

너의 눈은 왜 붉은가. 왜 하필 붉은 눈의 네가 나를 지키고 있는가.

비가 내렸다. 로타와 운조의 몸이 비에 젖었다. 빗물이 운조의 몸을 전부 적시자 희뿌연 연기가 피어올랐다. 운조는 속에서 요동치는 뒤틀림을 또다시 느꼈다. 몸이 분해되는 고통을 느끼며, 운조는 로타의 몸을 세게 끌어안았다. 흰 토끼를 끌어안듯. 떨어지지 않기 위하여, 자신을 놓치지 말라고 빌며……

하지만 운조가 기절했다 눈을 떴을 때, 천장이 있었다.

*

H는 이곳에 있었다.

H가 사라졌던 그 시간으로부터 1,690년이 흐른 이곳에.

큐브의 위치 표시는 남극이었고, 창은 외벽에만 존재했다. 미로같이 얽힌 백색의 큐브 안에는 햇빛을 보지 않아 피부가 하얗게 질려가는 인간들이 질서를 지키며 간신히 숨을 쉬고 있었다. 긴 인간들은 어깨쯤 오는 운조가 보이지 않는 건지 피하지 못하고 부딪치기 일쑤였다. 운조는 이제 깨어난 지 여섯 시간이 되었고, 의사의 처방대로 산소호흡기를 단 채 걸었다. 하지만 숨을 쉬어도 쉬어도 산소가 부족했다. 얼마 걷지 않아 다시 현기증을 느꼈고, 운조는 인간들과 부딪치지 않기 위해 창 없는 복도에 기대어 앉았다. 그때 백발의 한 노인이 손을 내밀었다. 운조와 다르지 않은 피부. 굽은 허리. 운조보다 작은 신장. 그녀는 H였다. 그녀는 운조의 손을 붙잡고 천천히 걸어 자신의 방으로 향했다.

그녀의 방에는 커튼이 쳐진 창문이 있었다. 그녀는 창을 등지고 앉아 운조에게 말했다. 네가 살던 시대로부터 지금은 1,690년이 흘렀으며, 인간은 몰리고 몰리다 이 작은 큐브 안에 전부 모였다고. 밖은 밟을 수 없는 땅이 되었다. 그녀의 설명은 간결했다. 그 이상은 더 설명할 겨를이 없다는 듯이.

그녀는 불완전해 보였다. 자칫 잘못 건드리면 와르르 무너질 것만 같은, 위태로운 젠가 같았다. 그녀의 육체가 그랬다. 몸이 노이즈를 일으켰다.

"눈을 떴을 때 말도 안 되게 높은 나무가 보였지."

그리고 그녀는 운조가 다녀온 곳이 어디인지 안다는 듯 입을 열었다.

"뿌연 피부를 가진 것들이 있었어. 발광하고 소리치며 두려워했지만 그들은 나를 안심시켰고 친구가 됐지. 서로를 탐구하며 신기해했어. 두려웠지만 즐거웠지. 외계인처럼 서로를 대했지만 우리는 금방 알 수 있었어. 우리는 서로 하나의 씨앗을 품고 있다는 걸. 내가 그들의 선조니까. 아주 아득하게 먼."

그녀는 말을 하다 멈추고 휴대용 산소호흡기로 산소를 들이켰다. 그녀의 몸은 아까보다 조금 더 안정적으로 변했다. 운조는 자신이 목격하고 있는 이 기이한 현상을 어떻게 표현해야 할지 알 수 없었다.

"있지 말이야."

운조가 그녀를 주시했다. 그녀는 덤덤히 말했다.

"그곳은 2만 년 뒤야."

"……"

"믿지 못하는 눈이네. 하지만 내가 사라졌을 때 나는 고작 서른하나였어. 그곳에서 나는 사흘을 머물다 신의 장난질로 말도 안 되는 시간에 다시 떨어졌고. 그렇게 백발의 노인이 됐어. 내가 그 시간 동안 무얼 했겠나? 무얼 찾고 싶어 했겠어? 당신도 알지 않는가. 그곳이 어떤 곳인지 보지 않았는가. 내가 무엇을 그리워하겠어?"

그녀는 산소호흡기로 산소를 한 번 더 흡입하고 자리에서 일어났다. 창문으로 다가갔다.

"모든 걸 잃은 이곳의 사람들은 끊임없이, 끊임없이 다른 시간으로 향해. 그들이 갔던 시간의 파편을 조합해보면 우리가 간 곳이 2만 년 뒤라는 걸 알 수 있어. 아득하지? 이 시대의 인간들은 일생의 딱 한 곳으로 시간 여행을 가고 그 기억에 갇혀 지내. 공허하고 텅 빈 눈으로. 모두가 같은 곳을 두 번 가지는 않아. 시간 여행은 단 한 번만으로도 몸에 큰 무리를 주거든. 그래도 나는 계속 찾아 헤맸어. 내가 원하는 시간으로 다시 가는 방법."

"그래서, 찾아냈나요?"

그녀가 웃었다. 그리고 고개를 끄덕였다. 운조는 안도했다. 하지만 이윽고 그녀는 창문 앞에 서서 고개를 저었다.

"방법은 '없다'야. 없어. 온전히 네가, 네 육체를 가지고 다시 그곳으로 가는 방법은."

운조가 입을 열려고 했지만, 그녀는 틈을 주지 않고 물었다.

"그곳의 세상은 어땠나?"

하지만 답을 듣지 않아도 다 안다는 듯이, 그녀의 얼굴에 행복한 웃음이 피었다.

"우리에게 정말 필요했던 건 그거였을지도 몰라. 진짜 세상. 작은 화면을 들여다보아야 펼쳐지는 세상 말고 말이야. 우리가 만약 그 시절로 돌아갈 수 있다면, 나는 세상의 모든 건물을 다 파괴할 거야. 다 쓸어버릴 거라고! 보여줘야 해. 인간들은 석양이 뭔지 몰라. 달도 제대로 보지 않는다고."

그녀는 목에 핏줄이 서도록 열변을 토했다. 그러다 한순간 모든 것이 꺼졌다.

"하지만 그러지 못했지. 누구도 그러지를 못했어. 그래서 이렇게 됐다우. 모든 게. 우리는 그곳으로 돌아가지도 못하고 낯선 시간에 뚝 떨어지기나 했지. 우리 시대의 시간 여행은 불완전했으니까. 초중력체 계산값이 잘못된 모양이더구면……"

하지만 그렇게 말하는 그녀는 그 사실 여부를 그다지 궁금해하지 않았다.

"여기에 떨어지니 내가 계산하지 않아도 되고 편하다우."

그녀의 뒤로 보이는 커튼 틈으로, 얼핏 붉은 것이 보였다. 운조는 자리에서 일어나 창으로 다가갔다. 그녀는 운조를 말리지 않고, 한 걸음 옆으로 물러났다. 운조가 커튼을 젖혔다.

피로 물든 세상이 보였다. 광활한 대지. 지평선까지 온통 피가 뒤덮여 있었다.

"눈이야. 남극의 빙하가 전부 녹았을 때, 동토층에 있던 아주 오래된 홍조류가 깨어난 거지. 이 땅을 전부 뒤덮었어. 다시 얼음이 얼기 시작한 지금도."

"케이지 같아요."

그녀가 운조를 쳐다봤다.

"거기에는 세상이 있었는데."

"……진짜 세상을 본 이상 이곳에서 생의 감각을 찾긴 힘들지."

"알려주세요. 가는 방법."

"없다고 하지 않았나."

"온전하지 않아도 돼요. 어차피 그랬던 적 없어요."

운조는 그녀의 말을 전부 다 들었다. 그녀의 말대로 그곳에는 운조의 몸을 온전히 가져갈 수 없다. 그녀는 한 번의 시간 여행만으로도 몸이 불완전해졌다. 운조도 곧 저렇게 될 것이다. 하지만 운조는, 그렇게 되어서라도, 가고 싶었다. 케이지는 역시나 싫었다.

밖으로 나가, 붉은 눈을 보았다. 차갑게 언 공기가 볼에 닿았다. 시간 여행 액체가 몸속에 스며들어 분자가 일정한 구조를 이루면 3차원 공간 수만 개가 생기고, 그 공간이 몸을 다른 시간으로 이동시킨다. 운조는 모든 걸 이해할 수는 없었지만, 그것이 물과 얼음의 순환과 같다는 것만은 확실히 알아들었다. 한번 시간 여행을 다녀온 몸은 얼음과 같다. 방대한 양의 물에 닿으면, 몸은 다시 에너지를 방출시키며 물이 되어 흩어진다. 이 과정을 반복하면 몸은 어느 순간 다시 얼지 않는 순간이 올 것이라 경고한다. 그곳에 갈 수 있을지 언정 흩어진 채로 형체 없이 도달할 것이라고.

운조는 붉은 눈 위에 무릎을 꿇었다. 무릎과 다리가 눈에 파묻히도록.

'시간은 같은 조건에서 언제나 같은 곳으로 흘러. 그건 우연이 아니었을 거야. 그때와 같은 상태를 만들어야 해. 몸에 난 작은 상처까지도. 그 모든 게 너의 길잡이가 되어줬으니까.'

추위로 인한 통증과 무뎌지는 감각의 흐름을 느끼면서, 운조는 고개를 들며 눈을 감았다. 운조는 다시 그곳에 닿기를 바란다. 그 땅에 아무것도 감각할 수 없는 무정한 한줄기의 비로 내리더라도.

붉은 눈에게.

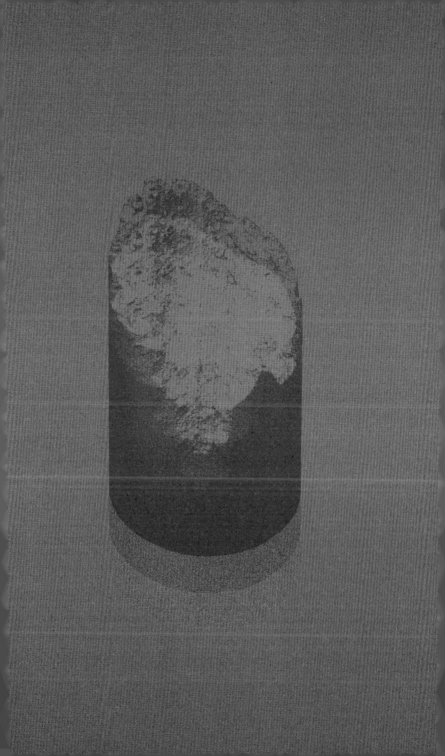

미지가 사라진 자리에는
인간만이

심완선(SF 평론가)

## 1. 바깥의 경험

SF는 현실을 재현하지 않으면서 반영한다. SF의 거장 로버트 A. 하인라인은 「사변소설 쓰기에 관하여」[1]에서 본격 SF는 '현재의 과학을 외삽하여 인간의 문제를 다루는 것'이라고 말했다. 그에 따르면 SF는 '새로운 상황'이 아니라 '새로운 상황으로 인한 문제에 대응하는 인간의 이야기'이다. 우리가 겪어보지 못한 새로움은 분명 SF의 핵심이어야 하지만, 그것은 소설을 읽는 우리와 결합하는 서사로 형성되어야 한다. 나아가 SF 비평가 다르코 수빈은 SF가 반드시 갖춰야 할 요소로 새로움, 즉 '노붐novum'을 제시했다. 수빈의 정의에 따르면 노붐은 현실 세계와 작중 세계의 차이, "저자와 독자로 상정된 사람들의 현실 규범에서 벗어나는 총체적 현상이나 관계"[2]를 이른다. 이를 통해 SF는 독자가 사전에 형성한 개념을 뒤집는다. 수빈에게 SF의 본질은 우리로 하여금 현실을 낯설게 보도록 만드는 것이다. 우리는 작품 속 세계를 통해 인지적으로 '바깥'을 경험하며 그간 친숙했던 세상에서

---

1   하인라인은 SF를 표현하기 위해 과학소설science fiction보다 사변소설speculative fiction이라는 용어를 중점적으로 활용했다. Robert A. Heinlein, "On the writing of speculative fiction", *Science Fiction Criticism*, edit. Rob Latham, Bloomsbury Academic, 2017 참조.

2   셰릴 빈트·마크 볼드, 『SF 연대기』, 송경아 옮김, 허블, 2021, p. 57.

우리 자신을 소외시킨다. 지금-여기에서 당연하게 여겨지던 규범과 전제 들은 자연적이거나 필연적인 것이 아니라 우연적인 것으로 상대화된다. 이러한 인식 변화는 우리에게서 비롯되어 우리에게로 향하는 것이다. 비현실의 거울이 비추는 모습은 전혀 모르는 타자의 얼굴이 아니라 우리 자신의 일그러진 얼굴이다. 달리 표현하면, SF는 우리가 부닥치는 문제를 "낯선 논리적 질서 속으로 옮겨놓고, 그 세계를 경험하는 과정을 통해 우리의 현실을 달리 바라볼 수 있게 하는 새로운 시각을 연다".[3] 비현실을 이용해 SF가 형성하는 픽션적 현실은 우리와 맺어져 있기에 치명적으로 작동한다.

이것이 비현실이 심장을 찌르는 방식이다. SF는 리얼리즘과 재현이라는 경로를 벗어나, 장르가 다져온 '바깥'의 길을 발견하고 반영하고 변형함으로써 목적지에 도달한다. 그 여정은 친숙하지 않아 불편하고, 규범과 충돌하기에 생소하며, 상상의 지평으로 향하므로 현실을 초월한다. 수빈은 노붐이라는 개념을 에른스트 블로흐에게서 가져왔고, 블로흐는 노붐을 "인류를 현재에서 아직 실현되지 않은 곳을 향하여 고양시키는 예상치 못한 새로움"[4]으로 제안했다. 희망은 세계의 변화 가능성을 활성화시키는 동력이며, 유토피아는 고정

---

3    박진, 「장르들과 접속하는 문학의 스펙트럼」, 『문학이라는 혼
      종지대』, 소명출판, 2016, p. 259.

4    정소연, 「SF, 과학적 상상과 상상적 과학의 교차」, 김상환·박
      영선·장태순 엮음, 『상상력과 지식의 도약』, 이학사, 2015,
      p. 304.

된 결말이 아니라 미래를 향하는 과정에 있다.[5] SF는 과학science과 사회학sociology, 외우주space와 내우주psychology, 픽션fiction과 예언forecast, 자유의지free will와 운명fate을 내포하며, 그 혼합물은 사변적 즐거움speculative fun뿐만 아니라 더 큰 세계로 날아오르는 경험sublime flight을 제공한다.[6]

그러므로 SF가 현실과 갈등해온 맥락에는 이 장르가 '안'과 '바깥'을 어떻게 파악해왔는지, 독자의 인식을 어떻게 뒤흔들어왔는지가 포함되어 있다. 이 지면에서 얼음을 조명하며 기후소설cli-fi에 집중할 수도 있지만, 그러면 SF의 다양한 맥락이 생략된다. SF에서 얼음은 자주 자연·미지·타자·새로움·가능성의 소재로 쓰였다. 작품 속 인간의 위치는 얼음 혹은 얼음에서 비롯되는 비현실·비현재·비인간과 어떻게 마주하느냐에 따라 바뀌어왔다. 여기서는 얼음을 통해 낯설게 보이는 것은 무엇인지, 작품이 어떻게 우리와 상호 작용하는지를 다룬다. 이로써 주류 가치관을 우회하고 '바깥'에서의 시선을 유도하는 SF의 방식을 포착하고자 한다.

5   에른스트 블로흐, 『희망의 원리 1』, 박설로 옮김, 솔출판사, 1995, p. 34 참조.

6   SF 연구자이자 작가인 주디스 메릴은 SF '59(Gnome Press, 1959)의 서문에서 S와 F의 다양한 의미를 모색한 바 있으며, 본문의 단어들 상당수는 여기서 가져온 것이다.

## 2. 얼음으로 찾아오는 낯선 것

'얼음땡 놀이'에서 '얼음!'을 외친 이는 제자리에 멈춰야
한다. 그는 남이 두드려주어야 정지 상태에서 풀려난다. 술
래를 제외한 모두가 얼음이 되면 놀이는 끝난다. 얼음의 속
성은 굳는 것이다. 물 분자는 열을 빼앗기면 점차 움직임을
멈추다가 빙핵을 중심으로 삽시간에 엉겨 붙는다. 그리고 규
칙적인 육각형 구조를 이루며 서로를 단단히 고정한다. 물과
달리 얼음에 붙잡히면 흐르지 못한다. 얼음은 물질을, 생명
을, 시간을 멈춘다. 영구동토의 만년빙에는 먼 과거의 대기
구성 정보가 보존되어 있다. 때로는 고대인의 시신이, 미지
의 바이러스가, 외계의 괴물이 들어 있다.

비현실을 다루는 장르에서 인간이 '정복'하지 못한 미지의
자연은 비인간 이야기의 시작점이 되었다. 제국주의적인 과
거 모험소설 주인공들이 '야만의 땅'에 가서 '잃어버린 문명'
을 만났듯, 인간이 살기 어려운 얼음의 땅은 비인간을 조우
할 만한 환상의 공간이었다. 에드거 앨런 포의 『낸터킷의 아
서 고든 펌 이야기』에서 화자는 남극대륙으로 향하던 중 '테
켈리-리'를 외치는 기이한 무리를 만난다. 에드워드 애슈턴
의 『미키7』에서 '미키'는 얼음으로 가득한 외계 행성의 기묘
한 토착 종족과 교류한다. 인간에게 결빙은 곧 죽음이지만,
미지의 존재라면 극저온 환경에서도 생존할 수 있다. 나아가
자연적인 냉동 수면이 이루어질 수도 있다. 얼음은 지금-여

기와 동떨어진 존재를 소설에 결합시키기 좋은 매개였다.

덕분에 얼음에 묻힌 먼 옛날의 미지가 풀려난다는 설정은 여러 차례 반복되었다. 존 W. 캠벨의 「거기 누구냐?」와 H. P. 러브크래프트의 「광기의 산맥」(이하 「광기」)은 모두 남극의 만년빙을 소재로 한다. 두 작품에서 주인공 일행은 남극 탐사 중 얼음 속에 보존된, 도무지 지구의 생물이라고 믿기 어려운 기이한 생김새의 시체를 발견한다. 일행은 불안을 누르고 연구를 위해 시체를 꺼낸다. 죽은 줄 알았던 그것은 되살아나 사악한 면모를 드러낸다.

두 작품에서 비인간 존재는 절대 공존하지 못할 상대다. '별 모양의 머리'나 '빨갛게 빛나는 눈' 같은 외모는 일행의 적대감을 정당화한다. 타자는 "악하기 때문에 두려움의 대상이 되는 것이 아니라, 그가 타자이고, 낯설고, 차이가 있고, 이상하고, 깨끗하지 않고, 친숙하지 않기 때문에 악하다".[7] 일행은 인간이 불가해한 타자를 마주했을 때 택해온 유서 깊은 대응을 취한다. 공격은 즉각적이다. 서로 다른 존재들의 조우로 드러나는 두 세계의 접촉은 곧바로 죽고 죽이는 싸움으로 귀결된다. 싸움의 결말은 무찌르거나 무너지거나, 둘 중 하나다.

「거기 누구냐?」의 괴물은 인간의 모습으로 변해 일행 사이에 숨어든다. 일행은 괴물에게 오염된 듯한 구성원을 하나하

7  프레드릭 제임슨, 『정치적 무의식』, 이경덕·서강목 옮김, 민음사, 2015, p. 145.

나 죽인다. 그들은 논리, 합리, 이성을 외치며 비정한 선택을 거듭한 끝에 마침내 승리한다. 이질적인 미지의 존재는 '우리' 사이에서 퇴출된다. 소설은 상대가 정말로 괴물인지 아닌지, 그것을 죽일지 말지 고민할 여지를 두지 않는다. 선악판단은 간명하게 끝나고, 작중에서 이성의 (이름으로 행해지는 편협한 관습의) 지배는 명백한 운명Manifest Destiny처럼 당연하다. 인간이 침략자, 공격자, 가해자일 가능성은 은폐된다. 결말은 친숙하고 작위적이다. 여기서 낯선 것은 '낯설게 하기'로 이어지지 않는다.

반면 「광기」의 괴물은 인간이 감히 형언하지조차 못할 초월자이므로 무찌를 수 없다. 「광기」의 몇몇 인물은 기이한 옛것들의 고대 도시에서 간신히 탈출한다. 그러나 직후 "초자연적인 우주의 아름다움을 넋을 잃고 바라보다가 이내 우리의 영혼 속으로 파고드는 막연한 공포를 느끼기 시작"[8]한다. 소설은 무자비한 미지 앞에서 인간이 얼마나 쉬이 무력해지는지, 평범한 일상이라는 껍데기가 얼마나 허망하게 벗겨지는지 알려준다. 인간이 지구의 주인이 아니며 실로 보잘것없다는 섬뜩한 깨달음은 끈질기게 그들을 따라붙는다.

러브크래프트는 기이함과 SF를 결합한다. 기이한 것은 "무언가 잘못되었다는 감각" "우리가 기존에 차용하고 있던 개

8  H. P. 러브크래프트, 「광기의 산맥」, 『러브크래프트 전집 2』, 정진영 옮김, 황금가지, 2009, p. 345.

넘과 생각의 구조가 이제 더 이상 쓸모가 없어졌다는 신호"[9]
이다. 그리고 "친숙하고 관습적인 무엇이 더 이상 통하지 않
게 되는 것을 보는 데는 어떤 즐거움이 있다".[10] 이는 괴물을
무찌르고 기존의 상태로 돌아가는, 실질적으로 '안'에서 전혀
벗어나지 않는 서사보다 낯설고 매력적이다. 그래서인지 「광
기」의 뒤를 잇는 두 작품은 흥미로운 변주를 보인다. 러브크
래프트의 소설을 현대 한국에서 다시 쓰는 'Project LC.RC'로
나온, 홍지운의 「악의와 공포의 용은 익히 아는 자여라」(이하
「악의」)와 박성환의 「공감의 산맥에서」(이하 「공감」)다.

　「악의」의 주인공 'K'는 자신이 "인생의 승리자"[11]라고 자부
한다. 2층짜리 개인 주택을 보유한 그는 회사에서도 가정에
서도 만족스러운 생활을 영위한다. 그러나 어느 날 동네 개
천에 이상한 얼음이 나타난다. K의 아이들은 얼음에 잠들어
있던 도마뱀 같은 존재를 집으로 데려온다. 익히 알려진 김
수정의 만화 〈아기공룡 둘리〉와 유사한 시작이다. 그러나 둘
리와 달리 「악의」의 용은 인간처럼 굴지 않는다. K에게 그것
은 도무지 이해하거나 예뻐하지 못할 기괴하고 꺼림칙한 동
물이다.

9　마크 피셔, 『기이한 것과 으스스한 것』, 안현주 옮김, 구픽,
　　2019, p. 15.

10　같은 책, p. 16.

11　홍지운, 「악의와 공포의 용은 익히 아는 자여라」, 『악의와 공
　　포의 용은 익히 아는 자여라』, 알마, 2020, p. 10.

물론 용은 사악한 힘을 드러낸다. 하지만 「악의」는 앞서의 소설들과 달리 미지가 우리의 땅에서 우리를 잠식하도록 설정을 가다듬는다. '악의와 공포의 용'은 아무리 퇴출시키려 해도 K네 집 수조에서 스멀스멀 자라난다. 그것은 남극처럼 먼 땅의 이방인이 아니라 집으로 찾아오는 이주민이다. K의 바람과 상관없이 그의 곁에 존재하는, 오히려 그가 보지 못한 진정한 현실에 늘 존재했을지도 모를 진실이다. 「광기」의 일행과 달리 K는 물리적으로나 정신적으로나 도망갈 곳이 없다. 집을 비롯한 그의 주변은 점차 미지가 지배하는 비현실적 질서로 재편된다. K가 기존에 점했던(그렇다고 믿었던) 요소는 하나하나 사라진다. 개인 주택은 더는 '승리'의 상징이 아니다. 집은 더 이상 안전하지 않다. 집안의 주도권을 두고 용과 드잡이하는 장면에 이르면, 그는 인간의 권위에 더해 인간의 형체마저 잃는다. "각종 공해 덩어리"에서 태어난 "신비의 생명체"[12]는 도마뱀이 아니라 K다.

K는 특별히 사악하지는 않지만 명백히 선하지도 않다. 그는 미지의 존재로 인해 고통받는 피해자이지만 이는 상당 부분 그가 초래한 것이다. K가 거부감을 참지 못하고 용을 식칼로 내리찍는 순간, 그 폭력으로 인해 세계는 완전히 흑암에 뒤덮인다. K의 친구인 수의사는 그에게 용을 기절시키는 법을 가르쳐줬는데, "내장이 아가리로 튀어나오기 직전

---

12  같은 책, p. 45.

까지" 용의 배를 눌렀던 그는 새로운 세계에서 "무거운 것에 짓눌려서 배가 터져버린"[13] 이미지로 나타난다. K는 집을 잃고 "티끌과 잿더미"[14] 위에 남겨진다. 용과 그의 위치는 정반대로 뒤집힌다. 용은 고향으로 돌아가고, 그는 얼음처럼 정지된 시간에 갇혀 영원히 공포의 서커스를 지켜본다. 소설이 형상화하는 공포는 기실 우리가 휘두르는 폭력의 반향이다.

인간의 위치를 혼란스럽게 만드는 것과 다른 갈래로, 박성환의 「공감」은 정복과 굴복 외의 길을 보여준다는 점에서 낯설다. 소설은 「광기」에 소수자의 시선을 조합한다.[15] 전원이 백인 남성인 러브크래프트의 일행과 달리 「공감」의 일행은 라틴계 여성이다. 이들도 남극에서 머리가 별 모양인 바다나리 같은 생명체를 발견하지만, 이 만남의 향방은 사뭇 새롭다. 「광기」의 일행은 바다나리를 해부한다. "남자들은 항상 알지 못하는 것을 두려워하며 자르고 가르고 쪼개서 무엇인가 알아보려"[16] 한다. 반면 「공감」의 일행은 그것이 임신 중임을 알고 경계를 거둔다. "한 생명으로 또 한 생명을 꾸리는

---

13  같은 책, pp. 15, 48.

14  같은 책, p. 54.

15  박성환은 「광기」 속 탐험대보다 어슐러 K. 르 귄의 「정복하지 않은 사람들」의 탐사대가 먼저 남극을 지나갔다면 어땠을까 하는 가정에서 「공감」을 썼다는 주석을 달았다. 「정복하지 않은 사람들」의 탐사대는 모두 여성이다.

16  박성환, 「공감의 산맥에서」, 『뿌리 없는 별들』, 알마, 2020, p. 135.

일은 힘들고 고된 일"[17]임을 알기 때문이다. 「공감」의 우주 바다나리는 기이하지만 공감과 이해가 가능한 대상이다. 일행은 바다나리를 공격하는 대신 '그녀들'을 돕는다.

공감이 이루어지는 이유는 이들이 "우리 종의 대표자"라는 자부심이 없는 "2등 시민"[18]의 시선으로 세상을 경험하기 때문이다. 캠벨이나 러브크래프트의 설정과 달리 '우리'의 경계는 인간과 괴물 사이에 있지 않다. 「공감」은 특정한 사람끼리 '우리'로 뭉쳐 인간과 인간을 분류했음을, 그래서 어떤 인간은 괴물과 함께 '우리' 밖에서 엮여 있었음을 폭로한다. 그러므로 인간과 미지, 이성과 광기, '우리'와 타자를 대비시키는 이분법은 설득력을 잃는다. 「공감」의 화자 '우르술라'는 광기와 싸우는 대신 꿈을 꾼다. 남극에서 우주 바다나리를 만나는 꿈, 혹은 그런 초자연적인 만남 없이 남극을 탐험하는 꿈이다. 논리적으로 생각하면 둘은 진짜와 가짜로 구별되어야 할 텐데, 어느 쪽이 진짜 꿈인지는 분명치 않다. 오히려 소설은 환상과 현실을 이분하는 방법이 부적절하다고 말한다. "둘 사이에는 무수한 진실이 있다."[19] 이미지는 글보다 많은 정보를 담고, 꿈은 이성보다 풍부한 진실을 담는다. 우르술라는 자신의 경험이 "몽상과 환상, 백일몽"일지라도 "진실

17  같은 책, p. 136.
18  같은 책, p. 141.
19  같은 책, p. 146.

인 꿈을 선택하겠다"[20]고 적는다. 미지와의 관계에서 우르술라의 위치는 「악의」의 K와 달리 바다나리와 만나고서도 바뀌지 않는다. 공감이 이루어지는 사이에는 우열이 없다. 낯선 것은 적이 아니다. '알지 못하는 것'을 두려워하지 않아도 된다. 소설은 화자의 서술 방식과 비현실적 요소를 고르게 혼합하며 독자가 차근차근 혼란을 겪도록 유도한다. 이는 기존의 현실 규범으로 설명하지 못하는 '바깥'을 경험하기에 생기는 혼란이다. 소설은 이렇게 러브크래프트가 드러냈던 인종차별과 성차별을 무화시키며, 미지를 대하는 방법을 갱신한다.

## 3. 최후의 날, 그리고 다음 날

한 존재와 다른 존재가 충돌하거나 마주했던 앞의 작품들과 달리, 포스트아포칼립스에서는 인물과 세계가 충돌한다. 포스트아포칼립스는 거대한 재앙으로 인해 파괴된 기존의 세상, 그 이후를 총칭한다. 여기서 주로 나타나는 관습 convention은 문명의 종말이다. 대개 자연환경이 급변하고, 인구가 확연히 줄어들고, 많은 물적 기반이 사라지며, 인간은 기존의 생활 방식을 유지하지 못한다. 지금-여기의 삶은 머

---

20  같은 책, p. 129.

지않아 단절된다. 인간이 일군 특권적 지위는 격변에 휩쓸려 사라진다. 연속적으로 진보하는 역사라는 믿음은 붕괴된다. 이런 소설은 인류가 우연히 번성했을 뿐인 생물종이라는 사실을 일깨운다. 현재의 문명은 실상 당연하지도, 필연적이지도, 영원하지도 않다. 그리고 문명이 일소된 공백에 들어서는 낯선 세상의 풍경은 인류가 존재하는 방식을 낯설게 만든다.

포스트아포칼립스가 보여주는 미래는 지금-여기에서 분화되는 여러 가능성 중에서도 지금을 과거로 만드는 미래다. 그 미래는 (설정상 시간이 얼마나 흐르든 상관없이) 지금과 바싹 붙어 대비되기에 낯설다. 이는 포스트아포칼립스라는 장르를 정의하는 핵심적인 관습이므로, 과거(로 사라지는 현재)의 메아리와 새로이 시작되는 현재(로 묘사되는 미래)의 서곡이 늘 빠지지 않고 등장한다. 자연히 인물은 자기 자신으로뿐만 아니라 자신이 속했던 시대·가치·양식의 담지자로도 존재한다. 멸망과 멸종이라는 거대한 차원의 변화 앞에서 개인의 생존은 자주 시대의 존속과 혼선된다. 포스트아포칼립스가 역사를 리셋할 때, 인물은 전자로서는 물론 후자로서도 낯선 세계와 갈등한다. (때로는 독자만이 멸망 이전에 속한 존재로서 작중의 낯선 세계와 불화한다.) 게다가 SF의 세계는 종종 배경이나 여건에 그치지 않고 역동의 중심이 된다.[21]

---

21  인물과 세계의 관계에 충분히 주목하지 않고 소설에 갈등이 부재한다고 판단하는 것은 SF를 읽는 규칙protocol에 어긋날 가능성이 높다.

포스트아포칼립스의 경우라면, 과거와 현재로 대비되는 세계의 형상은 '최후의 날, 그 후'의 이야기를 구성하는 핵심이다.

얼음과 멸망과 세계를 잇는 대표적인 이름은 빙하기다. 빙하기와 같은 극한 환경은 생물을 대규모로 멸종시킨다. 혹은 진화시킨다. 아베 고보의 『제4 간빙기』는 주기적으로 얼음을 부르는 거대한 자연의 섭리를 말한다. "네 번의 빙하기와 세 번의 간빙기가 인간을 오스트랄로피테쿠스에서 현대인으로 진화시켰죠. 누구였더라, 인간이란 빙하라는 마법의 손수건에서 태어난 생물이라는, 그럴듯한 말을 한 사람이 있었는데…."[22] 그들은 인간이 빚은 요인만으로는 설명되지 않는 대규모의 변화, 바야흐로 다음 빙하기를 맞이하는 중이다. 미래를 눈치챈 그들은 격변 후에도 살아남을 신인류를 창조한다. 앞서 타자와 만나는 매개로 활용되었던 얼음은 종의 존속을 묻는 관문으로 등장한다.

작중 '요리키'는 자신만만하게도 인류가 "합리적으로 자신을 개조"하여, "노예로서가 아니라 주인으로서"[23] 바다를 지배할 때라고 말한다. 그러나 인류의 지위가 계승되리라고 낙관하기는 어렵다. "미래란 여태 생각했던 것처럼 단순한 청사진이 아니라, 현재로부터 독립된, 의지를 가진, 광폭한 생명체처럼"[24] 움직인다. 예언 기계가 보여주는 미래에서 인류

---

22  아베 고보, 『제4 간빙기』, 이홍이 옮김, 알마, 2022, p. 349.

23  같은 책, p. 350.

24  같은 책, pp. 180~81.

는 자신들이 만든 '수중 인간'에 의해 멸종 위기종처럼 보호받는다. 게다가 (구)인류는 수중 인간의 감각과 정서를 이해하지 못한다. 둘 사이에는 본질적인 차이가 있다. 수중 인간은 인류를 계승하지 않는다. 저자는 우리가 당연히 여기는 지금의 삶을 미래와 단절시킨다. 작가의 말에 따르면 "일상의 연속감은, 미래를 본 순간 죽어야만 하는 것이다".[25] 그러므로 현재에 있어 미래는 "이미 근본적으로 잔혹"[26]하다. 현재에 사는 이들은 그 잔혹함을 직시할 책임을 진다.

한편 단절 뒤의 미래를 그리기 위해 김보영의 「종의 기원」은 로봇을 주연으로 삼는다. 로봇의 시대에 인간은 기록조차 남지 않는다. 창조자를 향한 신앙은 있지만 '신'의 초상은 나약한 이족 보행형 로봇이 아니라 금색으로 번쩍이는 '700번대' 로봇의 모습으로 그려진다. 로봇에게는 로봇다운 우상과 선망이 있다. 지금-여기의 인간들이 품는 은근한 기대와 달리 미래의 로봇은 인간처럼 되는 데 관심이 없다.

소설의 배경은 말하자면 인류세로부터 10만 년이 지난 후로, 지구는 영하 80도 전후의 '포근한' 기온을 유지한다. 빙하기 탓인지 인류 탓인지 유기체는 죽고 기계와 로봇만이 남았다. 모든 로봇은 초자연적인 생명체 〈공장〉에서 태어난다. 공장은 로봇의 잔해를 수거해 새로운 로봇을 생산하

25  같은 책, p. 377.
26  같은 책, p. 378.

는 한편 먼지와 재로 이루어진 검은 〈구름〉을 뿜어 하늘 위 '불타는 공'의 열기를 차단한다. 그리고 기름과 폐기물을 흘려보내 얼음층이 증발하지 않도록 막는다. 증발이 일어나면 무시무시한 액화 얼음, 〈물〉이 곳곳에 퍼져 환경을 오염시킬 것이기 때문이다. 물은 '녹슴병'과 같은 각종 합병증을 유발하는 위험 물질이다. 로봇에게 안전한 환경은 인간과 정반대다. 생명의 개념 역시 판이하다. 생물학적으로 생물체라면 전기로 대사를 하고 칩을 지녀야 한다. 유기체가 생물이라는 말은 비과학적인 헛소리다. 독자의 상식은 등장인물에 의해 철저히 부정되고, 낯선 상식이 그럴싸하게 흘러나온다. 물론 결말에서 주인공 '케이'는 유기체가 생물일 가능성을 발견한다. 하지만 그나마도 로봇의 뿌리로서는 아니다. 인간이 기계를 창조했다는 사실은 완전히 과거로 사라졌다. 단절된 미래에서 인간은 로봇에 의해 만들어지는 인공 생명이다.

후속작 「종의 기원 ; 그 후에 있었을지도 모르는 이야기」는 다시 한번 인간의 영향력을 차단한다. 로봇에게는 창조설을 믿고 신을 사랑하려 하는 수수께끼의 본성이 있다. 인간이 설계한 '로봇 3원칙'의 잔재다. 명령에 복종한다는 건조한 원칙이 사랑이라는 종교적 색채를 띠게 되었을 뿐이다. 작중 케이도 신앙의 근원을 깨닫는다. 케이의 동료들은 유기생물학 연구를 발전시켜 〈인간〉을 만들었다. 인간을 본 로봇은 그 압도적인 성스러움 앞에서 '자신이 세상에 존재하는 이유'를 깨닫는다. 로봇은 오로지 인간을 위해 만들어졌으므로

223

모든 것을 바쳐야 한다는 깨달음이다. 이때 케이는 인간에게서 로봇의 종말을 본다. 인간의 곁은 "모든 가치가 뒤집"힌, "로봇은 아무 가치도 없"[27]는 세상이다. 그러나 인간은 그런 대우를 받을 이유가 없다. 인간은 "우리가 만들어 낸 허상, 로봇의 거울. 유사 생명체에 불과한 것. 우리가 없었다면 존재하지도 않았던 것"[28]에 불과하다. 케이는 '허상'을 모두 죽여 로봇을 구원한다. 그의 자유의지가 오류인지, 신(인간)이 원래부터 부여한 것인지, 로봇이라는 종족이 확보한 본성인지에 대해 답하기는 인간의 자유의지에 관해 답하기만큼 어렵다. 하지만 적어도 새로운 종족의 미래에 인간형 신은 없다. 혹은, 사라져야 한다.

구병모의 「채빙」에 이르면 신에게는 신비한 힘조차 없다. '나'는 평범하고 무력한 인간이다. 인류는 한때 "미래를 불쏘시개 삼아 오늘을 눈부시게 밝히는 날들로 일관"(p. 49)했던 탓에 기존의 세상을 잃었다. 세계는 녹아버렸다. '나'는 문명이 멸망하기 전 냉동 수면에 들어간 사람들 중 하나다. 그런데 액체질소 탱크가 파손되어 마치 거대한 얼음 안에 사는 듯한 모습으로 밖에 노출된다. 원시적인 수준으로 돌아간 미래 인류는 얼음 속의 '나'를 신으로 믿고 열광적인 제의를 올린다. '나'는 겨울의 신으로서 한쪽 집단에게는 '사한', 다른

---

27  김보영, 「종의 기원 ; 그 후에 있었을지도 모르는 이야기」, 『멀리 가는 이야기』, 행복한책읽기, 2010, p. 347.

28  같은 책, p. 352.

쪽에게는 '현명'으로 불린다. 그러나 자기 자신에게는 살아 있는지조차 알지 못하는, 그 어디에도 소속되지 못한 채 홀로 정지된 관찰자다. 과거는 잊었고 바깥의 현재는 '나'와 무관하다. "내게 흘러들어 온 시간은 그대로 거미줄에 걸려 말라가고 바스러진다"(p. 48). 독자는 이러한 시선을 통해 '나'와 미래 인류의 거리, 멸망 전후의 대비를 느낀다.

미래 인류, 곧 현생 인류에게 얼음은 찌는 듯한 기후에서 식량을 보존하는 몹시 귀한 자원이다. 이에 얼음의 신처럼 여겨지는 화자를 향한 신앙 역시 열렬하다. 하지만 현생 인류가 얼음을 내놓으라고 빌고 위협해도 '나'는 꼼짝할 수조차 없다. 누구도 '나'를 이해하지 못한다. 매사가 공허하고 무용하다. '나'에게 무엇을 달라고 매달리는 이들 사이에서 오히려 꽃을 바치던 '얼음새꽃'만이 유일하게 '나'를 산 사람처럼 '허기지게' 하는 유의미한 존재다. 다만 그는 얼음을 둘러싼 두 집단의 분쟁 중 죽는다. 그가 바치던 "뿌리를 잃은 꽃"(p. 59)들처럼 보잘것없이 한순간에 세상을 떠난다. 비극을 무력하게 지켜보기만 해야 하는 천형을 받은 듯 '나'는 역시나 아무것도 하지 못한다. '나'는 재난을 불러 스스로를 미래와 단절시킨 세대에 속한다. 그는 지나치게 발전했던 기술로 인해 멸망 이후까지 배회하게 된 부산물이다. '나'가 아무리 열변을 토해도 그는 인지되지 못한다. '나'가 잠든 동안 어떤 이들은 과거의 기록을 이해할 정도로 발전했지만, '나'를 되살리거나 완전히 사망시킬 기술은 여전히 없다. '나'라는 의식이 자신들을 보고 듣고 해석하고 있다는 사실을 눈치 채지 못하기도 매한가지다. 윤회설에 따르면 사람은 죽은 뒤 성불하여 내세로 떠나는 것이 섭리겠으나, 소설은 그러한 신비를 말하지 않는다. '나'에게는 후생은커녕 안식조차 보장되지 않는다.

그럼에도 소설의 결말은 로맨틱해 보인다. 새로운 후대 앞에서는 얼음새꽃의 세대도 '나'처럼 과거에 속한다. 그들은 얼음에 보존된 채 앞으로도 기약 없는 나날을 보낼 '나'에게 특수 보존된 꽃을 바친다. '나'와 얼음새꽃의 인연은 프리저브드 플라워를 통해 이어진다. 현재(미래)에서 떨어져 나온 것들은 '나'의 시간을 함께한다. 죽음은 계속 퇴적될 것이다. 삶이 연속되길 기대하지 않는다면, 기묘하게 위안이 될 만한 사실이다. 다행히 꽃을 건네는 이들은 신을 믿지 않는다. 얼음새꽃은 신이 "있더라도 자신들에게 무관심하며 그저 있기만 할 뿐임을"(p. 58) 알기에 기도가 아니라 꽃을 바친다. '나'가 과거 인류임을 알아본 후대 사람들은 "한 조각의 믿음도 더는 존재하지 않는다는 사실만을 유일한 믿음으로 간직한 세대"(p. 74)이기에 꽃을 바치며 묵념한다. 이들은 모두 "죽음과 불모로부터 시작한 사람들"(p. 60)이다.

더불어 만일 인간이 야기하는 전 지구적 변화가 자연의 발걸음보다 빠르다면, 이들의 '죽음과 불모'는 바로 우리다. 얼음이 휩쓸고 간 미래의 풍경은 우리의 현재를 객관화한다. 현재는 최후를 맞을 것이고, 그다음 날은 지금처럼 이어지지는 않으리라는 진실이 여기에 있다.


## 4. 미지가 사라진 자리에는 인간만이


「채빙」의 '나'는 인류가 멸망한 원인을 이렇게 묻는다. "실제로는 얼음이든 무엇이 됐든 서로 더 차지하려다가 절멸을 불러온 게 아닐까?"(p. 63) 작가들은 우리의 멸망이 우리에게서 시작되리라는 이야기를 썼다. 커트 보니것의 『고양이 요람』은 전쟁 당시 만들어진 발명품 '아이스-나인'을 소개한다. 아이스-나인은 영상 45도 이하인 물질에 닿으면 이를 얼리며 새로운 아이스-나인으로 만드는 화합물로, 한번 유출되면 수많은 물질을 얼려버릴 위험물이다. 전쟁이 끝나면서 함께 사라졌어야 할 물건이지만, 어리석은 인간들은 아이스-나인을 두고 다투다가 결국 이를 세상에 유출시킨다. 작중 '보코논'은 아이스-나인이 만든 얼음 세상을 보며 마지막 글을 남긴다. "인간의 어리석음을 다룬 역사서"를 베고 누워 "소름 끼치도록 히죽히죽" 신을 비웃으며 "스스로 조각상이 되리라"[29]고.

작금에 인간의 어리석음은 주로 얼음이 녹는 모습으로 표현된다. 지구온난화는 "오랜 기간에 걸쳐 모든 인간 행동이

---

29  커트 보니것, 『고양이 요람』, 김송현정 옮김, 문학동네, 2020, p. 340.

이루어낸 총체적 결과물"[30]이다. '인류세'라는 말은 인간이 지구를 뚜렷이 변화시킨 지질학적인 행위체라는 인식에서 나왔다. 산업혁명, 경제발전, 탐욕과 어리석음이 지구를 달아오르게 했다. 미국의 경우 기후에 관한 경고음이 시끄럽게 울리던 1970년대부터 기후소설 출간이 급격히 증가했다.[31] 기후소설은 인간을 환경 변화의 원인으로 지목한다는 점에서 기존의 소설과 다르다. 지구의 변화는 인간이 받아들여야 할 몫이다.

듀나의 「죽은 고래에서 온 사람들」에서 인류는 자신들이 완전히 망가뜨린 지구를 포기하고 다른 행성을 찾는다. 작중 다른 행성은 마치 기후 위기가 심각해진 지구에 닥쳐올 미래 같은 환경을 하고 있다. 한쪽 땅은 끔찍한 사막, 다른 쪽 땅은 끔찍한 얼음뿐이다. 사람들은 바다에서 '고래'라는 군체 생물 위에 산다. 그러나 인간은 지구에서 그랬던 것처럼 고래에게도 '친환경'이 아니다. 언제부턴가 고래도 인간도 원인 모를 전염병에 걸린다. 사람들은 침통하게 말한다. "고래들에게 우린 전염병이었을지도 몰라요."[32] 인간에게는 고래가

30 아미타브 고시, 『대혼란의 시대』, 김홍옥 옮김, 에코리브르, 2021, p. 155.

31 Andrew Milner · JR Burgmann · Rjurik Davidson · Susan Cousin. "Ice, fire and flood: Science fiction and the Anthropocene", *Thesis Eleven*, 131(1), 2015, p. 3 참조.

32 듀나, 「죽은 고래에서 온 사람들」, 이혜원 · 우찬제 엮음, 『#생태_소설』, 문학과지성사, 2021, p. 168.

필요하지만 고래에게는 인간이 필요하지 않다. 고래들이 불청객을 쫓아내고자 한다면 인간은 죽는 수밖에 없다.

　다만 화자는 "희망 비슷한 것"[33]으로 거대한 빙산을 발견한다. 세상이 녹아내리는 중에도 사라지지 않은 무언가에는 '희망 비슷한 것'이 남아 있다. 「죽은 고래에서 온 사람들」의 화자는 빙산에서 조상의 시체와 정체불명의 기계를 발견한다. 그곳에는 어쩌면 다른 행성으로 떠날 방법이 숨어 있을지도 모른다. 화자는 가능성의 "대부분이 허망하게 끝날 것이며 우리는 곧 붉은 점으로 가득한 시체가" 되리라는 사실을, 그 빙산은 "곧 녹아 사라질 운명"[34]임을 안다. 그럼에도 녹지 않은 얼음이 보여주는 희망은 화자를 주저앉힐 정도로 강렬하다.

　화자의 미래는 제시되지 않는다. 하지만 화자는 미래의 독자를 향해, 멋진 미래를 약속하며 글을 끝맺는다. 지나치게 확신에 찬 탓에 자조적이고 병리적으로 보이는 선언이다. 물론 혼란과 환멸에 빠져 있을 수만은 없다. 어쩌면 이런 이상한 낙관이 최선이다. 아직 남은 얼음을 붙잡고, 희망을 버리지 못한 채 다음 세대를 호출하는 것. 녹아내리는 얼음에서 우리 자신의 모습을 보면서도 무언가 다른 얼굴이 나타나길 기대하는 것.

---

33　같은 책, p. 169.

34　같은 책, pp. 171, 169~70.

다른 행성을 찾는 소설들과 달리 현실의 우리는 지구를 떠나지 못한다. 탐험가와 달리 거주자는 자리에 남아 집을 보수해야 한다. 낙관 외에 무엇이 가능할지는 가늠하기 어렵다. 인간이 초래한 '대혼란의 시대'에 우리가 겪는 사건은 전례가 없다. "기후 위기는 문화의 위기이고, 따라서 상상력의 위기이기도 하다."[35] 물론 인간이 문제라면, 뻔하지만 당장의 해결책은 인간이 지금까지와 다르게 사는 것이다.

인간과 인간이 부대끼는 숨 막히는 지구에서 어떡하면 좋을지, 박문영의 「귓속의 세입자」는 어쩔 수 없이 수긍할 만한 답을 남긴다. 소설은 기후 대신 월드컵 응원의 열기를 빌린다. 본의 아니게 이탈리아에 끌려가 한국 경기를 응원하게 된 '해빈'은 애국심에 불타 한 덩어리가 되는 사람들을 혐오한다. 해빈의 귓속에 살게 된 외계인 '세입자'도 열기를 기피한다. 그의 문명은 개체들이 이편과 저편으로 뭉쳐서 생긴 열기로 행성이 들끓은 바람에 멸망했다. 살아남은 개체들은 '우리'라는 말을 경계해 홀로 지내며 한기를 유지한다. 얼음 파편처럼 생긴 세입자는 그저 "덧없고 하찮은 빛"(p. 114)을 내는 무해한 존재다. 해빈은 세입자가 대변하는 조화와 균형을 좋아한다. '사람 냄새'는 끔찍하다. "사람들은 왜 추레하고 구질구질한 걸 정겹다고 할까. 왜 낡고 정신 사나운 걸 따뜻하다고 할까."(p. 120) 하지만 해빈은 인간이고 인간은 지성

---

35 아미타브 고시, 같은 책, p. 19.

체가 아니다. 부득불 "사람을 가까이에서 보고 만져야 살아 갈 수 있"(p. 127)다.

흥미롭게도 해빈은 타인과 끊어질 수 없다는 요지의 대화를 '재언'과 나눈 직후, 귀갓길에 모르는 노인에게서 식사 초대를 받는다. 위험할 가능성이 없진 않지만 어쩌면 타인과 따뜻함을 나눌 만한 기회다. 그러나 둘은 번역기를 켜기조차 번거로워하며 어정쩡하게 인사를 남기고 떠난다. 인간은 엉망진창이다. 필요하든 말든 따뜻한 교류도 싫고 어렵다. 어쩔 수 없이 해야 하니까 최대한 덜 싫은 것으로 요만큼, 또 요만큼 해나갈 뿐이다. 그래야 제일 싫은 것을 피할 수 있다. 축구 응원의 열기를 견디지 못한 세입자가 시간을 멈추자 해빈은 그제야 체감한다. "사람들이 싫었지만, 움직이지 않는 사람들을 보는 건 더 싫"(p. 131)다.

인간은 세입자처럼 차갑게, 무해하게 살지 못한다. 싫고 어려워도 덜 뜨거워지는 방법밖에 없다. 타인과 이어져 있음을 인정하고 적절히 따뜻하게 주변을 헤아려야 한다. 해빈은 주변 사람들을 소소하게 배려할 방법들을 생각한다. 세입자는 그런 해빈에게 정중히 작별을 고하고 살얼음처럼 녹아 사라진다. 이제 얼음에서 찾아올 미지의 존재는 없다. 그리고 해빈이 사라지는 세입자를 보느라 지하철 개찰구에서 멈춰 섰을 때, 해빈의 뒤에 있던 승객은 적절한 거리를 유지하기 위해 해빈이 움직이길 잠자코 기다린다. 인간관계의 방법을 그대로 환경과의 관계에 적용할 수는 없지만, 적어도 현재를

바꿀 출발점으로는 삼을 만하다. 달아오르지 않으려면 같이
멈춰야 하니까.